光文社古典新訳文庫

血の涙

李人植《イインジク》

波田野節子訳

kobunsha classics

光文社

Title : 혈의누
1906
Author : 이인직

目次

血の涙

「血の涙」上編

（一）

日清戦争の銃声は平壌《ピョンヤン》一帯を震わせた。銃声がやむと敗れた清の兵士は秋風に吹かれて飛ばされた落葉のように散りぢりになり、日本兵は水があふれるように西北に向かっていく。あとは山野に残された屍《しかばね》ばかり。

平壌城[1]外の牡丹峰《モランボン》に夕陽はゆっくりと落ちていく。その光をつかまえておきたい心はあれどそれもできず、息を切らしてさまよう一人の婦人。年のころは三十になるかならぬか、白粉《おしろい》をなすりつけたような白い顔は容赦なく照りつける秋の暑い日差しに焼けてユスラウメ[2]の実のように赤くなり、歩みはよろよろ、束ねた髪がほどけて背にかかり、上着はずり落ちて乳房もあらわである。チマ[3]の裾を地にずるずると引きずり、歩くたびにチマを踏んづけるので、どんなに急いでも遠くまで進めず、うろたえるばかり。

人が見たら、あんなきれいな若い女が酒を飲んで酔っぱらって外にいると批難するところだが、その婦人は酔っぱらっているという言葉はおろか、狂ったとか、見苦しいとか言われようがそんなことは耳にも入らない。

いったい何がそんなに大変なのかと尋ねようものなら、返事するいとまもなく玉《オン》蓮《ニョン》の名を呼んでまわる。

「オンニョン、オンニョン、オンニョン、オンニョン、死んだのかい。生きているのかい。死んだのなら一目死に顔を見せておくれ。オンニョン、オンニョン、生きているなら母さんを心配させないで、すぐに顔を見せておくれ。

1　平壌城は高句麗によって六世紀に平壌を流れる二本の川「大同江」と「普通江」の合流点に築かれた城。日清戦争のさなかの一八九四年九月十五日（陽暦）、日清両軍が平壌で激突した「平壌の会戦」がこの小説の背景になっている。

2　ユスラウメは朝鮮半島でよく見かけるバラ科の低木。六月にサクランボに似た赤い実をつける。

3　チマは朝鮮女性の民族服。胸からくるぶしまでの巻きスカートで、上にチョゴリ（上着）を着用する。

オンニョンや、銃に撃たれて死んだのかい。槍に刺されて死んだのかい。人に踏まれて死んだのかい。幼くきれいな肌にトゲが刺さるのを見ても、母のこの心は自分の肌が刺されたようにひどく痛んだものだった。

今朝、家から出るとき、わたしの前に立って可愛らしく歩きまわりながら、母さん、早く行きましょうと言ったそのオンニョンが、いったいどこに行ったというの」

そう言って玉蓮《オンニョン》を探すのに夢中で、娘より十倍、二十倍も大切な人を失ったことにも気づかず娘の名だけを呼びまわっていたが、喉が涸《か》れ、気力も尽きて、山の斜面の草の上にぺたりと腰を下ろし、オンニョン・アボジ[4]はあの子を探しに向こうの山の麓まで行ったけど、どこまで行ったのかしらと一人で呟《つぶや》くと、オンニョンを探していた心が忽《たちま》ち変わって夫のことが気になり始める。

待つ人は来ず、人間の事情など知らぬ顔の夕陽が光を率いて行くべきところに行ってしまうと、山の光はしだいに墨を流したように黒ずみ、大同江の水音が寂しく響けば、いくさで死んだばかりの死骸、新しい鬼神《きしん》たちが闇に乗じて一つ一つ立ち上がり、目の前に集まってくるような気がする。深窓に育った婦人[5]の心は恐ろしさに身の毛がよだち、息もできずに座りこむ。

（二）

突然、丘の下から人の声が聞こえるので婦人が耳を澄ますと、道に迷い人を探して苦労している声である。

「やれやれ、真っ暗だ。あっちもこっちも道がない。いったい道はどこにあるのだ。自分は男で、脚力もあって怖がりもしない人間だが、こんな山の中にある坂で夜に人を探そうと思えばその苦労は並大抵でない。怖がりで外も出歩かない女が、今ごろ自分を探してどれほど苦労していることか」

その声を聞いた婦人は、避難しているうちに離ればなれになってしまった夫とやれ生き別れかと思ったが天の助けで再会できたと思い、うれしい声を張り上げた。

4　アボジは父親という意味で、オンニョン・アボジはオンニョンの父という意味になる。
5　上流家庭に生まれた女子は家から出ずに成長し、結婚したあともやはり家の中だけで生活した。

「あなた、わたしはここですよ。わたしを探してどんなにご苦労なさったことでしょう」。そう言いながら急いで丘の下に向かって駆け下りようとして、坂でつまずいて転んだ。丘の下から登ってきた男が駆けよって婦人を助け起こしたが、婦人が気づくと牛や馬につける鉤《かぎ》[6]のように大きく荒々しい農民の手が自分の手に触れていたので、忽ちゾッとして鳥肌が立ち、胸がドキドキして恐怖で声も出ない。

その男もまた戦乱の中で自分の連れ合いを探し回っていたのだが、妻が避難するときに着ていたのは八升[7]の木綿、それも強い糊を一升もつけたみたいな薪《まき》のようにごわごわしたチマだったし、草刈鎌、搗《つ》き杵《ぎね》、砧槌《きぬたづち》[8]などの荒い仕事をして育った農民の女である。男は丘の上から声をかけて下りてきた女を連れ合いと思って受けとめたのだが、その婦人の手は絹のように柔らかく、服は十二升[9]の麻のチマが露に濡れてしなやかで、その百姓はこれまでの人生でそんな服をまとった手は、触れるどころか仰ぎ見たこともなかった。

婦人は自分の夫でないことに気づき、男も自分の妻でないことがわかった。

婦人は恐ろしくて身の毛がよだち、男は仙女に会ったようなうれしさと怖さで胸が高鳴り、大きく息を吐くが声は出ない。

婦人の心はさっきまでは虎も恐ろしく鬼神も恐ろしかったが、今では虎が現れて自分を食らうか、鬼神が現れてあの男を連れさるか、そんな突拍子もないことを期待するけれども、もちろん虎も鬼神も現れない。目に見えるのは口をきけぬ空の星だけ、この山中にいるのは罪なく力なきこの身と、あの悪漢の二人だけである。

（三）

人は恐怖が長く続くとやけになるものだ。怖くて息もひそめていた人が、やけになるといきなり水を噴きだすように話しはじめることがある。

6　牛馬の背の積み荷を腹でしばる綱をとめる鉤《かぎ》のこと。
7　八升は、質の良くない木綿布のこと。升は反物の縦糸を数える単位で一升は縦糸八十撚《よ》り。
8　搗《つ》き杵《ぎね》は、米などを臼《うす》に入れて搗くときに用いる杵《きね》。砧槌《きぬたづち》は、糸や布を柔らかくしたり艶《つや》を出すために打ちつける槌《つち》。
9　十二升は、細い糸で美しく編んだ麻布。

「これ。おまえは何者なの。

これ。返事をおし。

これ。人をつかまえておいて、なぜそう震えているの。

これ。唖《おし》なのかい、盗賊なのかい。

盗賊ならば、この身の服を脱いであげるから持っておいき」

その男の不細工な心に腹黒い考えが生じた。まともに話せなかった人間が、欲望に火がついたように不穏なことを話しはじめる。

「おい。どこの女が夜こんなところにいるのだ。

きっと嫁暮らしが嫌になって逃げてきた女だな。

逃げた女でも、ふんづかまえて一緒に住めば女がいないよりましだから連れていくが、その前に……。

自分は昨夜の夢でこの山中で妻を娶《めと》ったが、夢も見事に当たるものだ」

そう言いながら、粗暴な男のやることだから不埒《ふらち》な言葉はしだいに激しくなる。

婦人は死んでこの辱《はずかし》めを受けまいとするが、それは心の中だけであって死ぬ隙《すき》がない。

人が命を捨てることはもっとも悲しむべきことなのに、死のうとしても死ねない婦人の思いは何と形容していいかわからないほどである。

哀願すればよいかと、あれこれ様々に試してみるが男の耳には入らず、どうすることもできない。

そのとき丘の上で誰かが叫んだ。意味はわからぬが、その声を聞いた婦人は死んだ両親が蘇ったかのように喜び、応えて叫ぶ。

「誰か助けてぇ……」

いくら婦人の声でも死にもの狂いの声なので山谷を震わせ、丘の上の人間がまた叫ぶ。

丘の上と下は三、四メートルほどの距離だが、近くも見分けられぬほどの闇夜である。互いの姿も見えず言葉も通じないので、丘の上の人間は銃を一発放った。夜なので銃声が山に響きわたり、集まってきたのは日本の歩哨《ほしょう》兵たちである。

（四）

誰かはすぐ怖がるとか、誰かは怖がらないという言葉ほど解せないものはない。世の中には罪ある人ほど怖がる者はいないし、罪なき人ほど度胸がある者はない。婦人は銃声にも怯《おび》えず、むしろ辱めを免れたことを天祐《てんゆう》と思い、一方不埒な心で不埒なことをしていた男は銃声を聞いて自分を殺しに来たのだと思って逃げだした。昼間ならば逃げる気さえ起きなかっただろうが、人が横に立ってもわからぬ闇夜のことで逃げおおせてしまった。

歩哨兵は婦人を捕らえて先頭に立たせていく。言葉が通じないのでまるで啞が牛を駆っていくようだ。

戒厳中の銃声なので平壌城の近くにいた憲兵が一人残らず集まり、銃を放った兵士と婦人を連れて憲兵部に向かう。婦人はここがどこかわからずついて行ったが、城が見え、城門が見え、気がついてみれば平壌城の北門である。

夜更けで人影がなく、四方で鶏が時を告げて鳴き、犬が平大門[10]の犬くぐり[11]から口だけ出して吠える。鶏と犬の声を聞いた婦人は歩みを止めて立ちつくし、五臓六腑が溶けるように思われ、涙で前が見えない。犬は賢いから夜でも主人に気づき喜んで飛びだしたのだが、憲兵が剣を抜いて打とうとしたので、追われて中で吠えている。人間同士だって言葉が通じないのに、まして犬である……。

「犬や、ひとりで家を守っているのだね。

避難するときにおまえを台所に閉じこめたのに、どこから出たのかい。

おまえと一緒に家にいたら、こんなことにはならなかったものを。生きる場所を探して死ぬ道に、苦労の道に入ってしまったよ。

わたしは生きておまえと会えたが、旦那様もおられず、おまえを可愛がっていた玉《オン》蓮《ニョン》もいない。

わたしにおまえのような脚力があれば津々浦々探しまわるが、脚力もない。この世

10　左右の建物と高さが同じ表門。

11　犬が出入りできるよう門や塀に設けた小さな穴。

で、もどかしくて哀れなものは女だ。恐ろしいことばかりが沢山あって、歩きまわることもできやしない。鶏も主人のいない家でひとり鳴き、犬も主人がいない家でひとり吠えているのだねえ。

犬や、出ておいで。どこかに連れていかれるわたしは、自分の足で歩いているけれど自分が好きで行くのではないのだよ」

憲兵が声を上げて催促するので、婦人は仕方なく憲兵部に連れられていく。犬はワンワン吠えながらついてくる。犬が吠えながら出てきた家は婦人の家である。

（五）

その日は平壌の会戦の決着がついた日であり、城内の人々が身震いするほど嫌いだった清国人が一人残らず追い出された日である。

銃弾は空中から霰《あられ》のごとく降りそそぎ、銃声は平壌城のまわりのすべてを吹き飛ばして、人っ子一人残らぬかと思われた日だった。

平壌の人々は日本兵とはいったいどんなものであるかを、壬辰乱《イムジン》[12]の平壌のいくさの話をしながら様々に論評し、様々に心配をしていたが、その日本兵が長雨《ながあめ》をもたらす黒雲に乗ってきたがごとく城内と城外を埋めつくした日であった。

元々平壌城の中に住んでいた人々は清国人の横暴に堪えられず山里に避難した人が多かったが、山中で清の兵士に会えば虎か仇《かたき》に会ったようなものである。どうしてそんなに感情が悪化したかというと、清の兵士は山で若い女を見れば強姦し、金があれば奪い、自分に役に立たないものであってもノルブ[13]のようなやり方で意地悪をするので、山に避難した人はさらにひどい目に遭う。だから山に避難した人がまた平壌城に避難してくることも多かった。

その婦人は家族と平壌城の北門の中に住んでおり、数日前に山に避難したが、山には居られず村に住む親戚の家に行った。たったひと部屋に主人と客の八人が二晩座っ

12　一五九二年から一五九八年にかけて豊臣秀吉が行った二度にわたる朝鮮出兵を日本では文禄・慶長の役というが、朝鮮では壬辰《イムジン》・丁酉《ジョンユ》の倭乱《ウェーラン》または〈壬辰乱〉と呼ぶ。

13　李朝後期の民話『興夫伝《フンブ》』の登場人物。兄のノルブは欲深くて意地悪だが、弟のフンブは貧しいが正直者。

て夜を明かし、どうにもならずに平壌城内にもどったのがわずか数日前である。そのときはもう死んでも避難はすまいと思ったが、今日の明け方から銃声が天地を覆いつくし、四方の山頂から銃弾が火の雨のように降り注ぐので、夜明けを待って避難した。何も持たずに若い夫婦と幼い娘の三人だけの避難である。

城内は泣き声の天地、城外は屍の天地、山は避難民の天地だった。母が子を呼ぶ声、子が母を呼ぶ声、夫が妻を呼ぶ声、妻が夫を呼ぶ声、人を探し求める声ばかりだ。幼子を放りだして自分だけ逃げる者もいれば、手を握って離れない夫婦もいたが、夕陽が差すころには皆どこに行ったのか姿が見えなくなり、牡丹峰《モランボン》の下にはオンニョンの名を呼んでまわる婦人一人が残っていた。

その婦人の夫は金冠一《キムクァンイル》といい、年は二十九歳で、平壌では金の使いっぷりがよいことで知られていた。避難の人波の中で家族が離ればなれになり、探しているうち金冠一は一人で自分の家にもどり、その夜は誰もいない家にいた。夜中に犬がひどく吠えるので起きて門を開けようと思ったが怖くて開けられず、門の隙間から外を見たときは、すでに憲兵が妻を引き立てていったあとだった。金冠一は妻が憲兵に捕まることなど想像もせず、妻は夫が家にいるとは夢にも思わなかった。

（六）

金冠一は誰もいない家で夜明けまで眠れず、様々なことを考えた。北門の外の広い野原に置き去りにされた弾丸を受けて死んだ屍、死につつある半屍《はんしかばね》は、どれもが自分の国のために戦場に出て死んだ将帥と兵士であるから、たとえ死んでも自分の職分である。しかし、前にのめり後ろに倒れ、春風に散る花のように行く先々で足で踏みにじられていた哀れなあの避難民の女たちは、果たして国の運命なのであろうか。運《パル》命《チャ》が良くなくて平壌の民になったのか。朝鮮の地にいる朝鮮人なのに、鯨の争いでエビの背中が裂けるように、[14]我が国の人々が他国の戦争によってこんな残酷な目に遭うのはなぜなのだ。私の妻は門の外には一歩も出たことがなく、私の娘は七歳の幼い子

14　他人の喧嘩のせいで近くにいる弱者が被害を受けることを指す朝鮮のことわざ。なお原文は「エビの争いで鯨の背が裂ける」と誤記されている。

どもだ。彼らはどこで踏まれて死んだのか。肉は泥となり、血はせせらぎとなって大同江に流れこむ。早瀬が届ける音を聞き流してはならぬ。あれは平壌の人民の恨みと嘆きの声なのだ。罪なくして罪を受けるのも我が国の人、罪なくして命を守れぬのも我が国の人。これは天がなしたことか。人がなしたことか。人のことであるからには、おそらく人がなしたことだ。我が国の人は自分のことしか考えず、人が滅びようと栄えようと自分の欲だけを満たし、国が滅びようと栄えようと自分だけが官職につき、自分だけが肥え太ろうとする人々だ。

平安道の人民には閻魔大王が二人いる。一人は冥途におり、一人は平壌の宣化堂[15]に座っている監司《カムサ》[16]だ。冥途にいる閻魔大王は、年取って病にかかり世間の厄介者になった人を捕まえていくが、平壌の宣化堂にいる監司は体が丈夫で財物のある人を残らず捕まえていく。人間の姿をした閻魔大王は家々の守り神まで兼ねることになったがごとく、祭祀をきちんと行えば祟《たた》らないが、行わなければ祟って一族は皆殺しだ。自分の手で稼いだ財物を好きに使うことができず、天から与えられた命を他人に支配されている我が国の人民は哀れだが、そのうえ他国の人間がやって来て戦争をし、乱暴を働く。そのために我々は財産を失い、人が死ぬ。これはすべて国が強くないせいだ。

そうだ！　死んだ者は仕方がない。生きている者だけでも今後はこんな目に遭わないことが肝心だ。心を入れかえて我が国も他国のように明るい世になり強い国になって、人民としての我々を保全し、財物も保全し、各道の宣化堂と各道の東軒《トンホン》[17]の上に、餓鬼《がき》や鬼神のような生きた閻魔大王や、生きた守り神が来ないようにし、虎や熊のような他国の人々に我が国で図々しく戦争をすることなど考えさせないようにしてこそ、人も人間らしく生きることができるし、財物も自分の財物と言えるのだ。

なんと荒涼とした夜だ。平壌の人々はどこで生き、餓鬼のような閻魔大王はどこにひそみ、私の妻と子はどうなったのか。

私と妻は仲が良いことで有名で、オンニョンをとても可愛がったものだ。だが、大志を持つ男子が妻子のことをいつまでも考えていては国の大事は行えない。私はこれから世界の国々をまわって見聞を広め、自分の勉強をしっかりやったあと、国のため

15　朝鮮の行政区分である道ごとに配置された観察使が執務した場所。
16　観察使の別称。李朝時代に置かれた各道で一番高い官職。
17　地方官が公務を取る建物。

の事業をするのだ。そう言って金冠一は夜明けを待って平壌を離れた。彼が向かうのは遠い他国である。

（七）

婦人は日本軍の憲兵部に連れていかれた。深窓に育った婦人がこのいくさの中でそんなひどい目に遭ったと聞けば、可哀そうだと思わぬ者はいない。通弁[18]が訳す話に耳を傾けた憲兵長は、それは大変だ、気の毒だと言って、その晩は軍中で保護して翌日家に送りかえした。一晩のあいだに世間のあらゆる艱難を経験した婦人は、こうして自分の家にもどってきたのである。

朝の冷ややかな空気に包まれた誰もいない家ほど寂しいものはない。家に帰った婦人はあらためて凄愴《せいそう》な思いに襲われ、自分一人でこの家で生きてどうするのだと、マル[19]の端にぺたんと座り、そのまま意識を失って倒れてしまった。

昨日、避難に出るときは、急いでいたのと怖かったこともあってご飯も食べずに出かけ、一日と一晩苦労しているあいだは、この世にいるのは自分一人という思いで腹が減るとか足が痛いとか考えずに過ごした。しかし自分の家にもどってみれば夫の消息もなく、オンニョンの行方もわからない。ぽつんと立っている四本の柱と、侘しく雨戸の閉まったマルの部屋を見て、この身が座ったきり倒れて消えてしまえばいい、でなければ何が楽しくて自分の手であの戸を開け、自分の足であの部屋に入れるものかと独り言を言い終わらないうちに気を失ったのだ。

（八）

ふだんなら隣家の人もやってくるし、小間物商[20]や餅売りも出入りするのだが、このとき平壌城内の住人は今回の砲声に驚いて逃げだし、残っているのは日本の兵士だけ

18　通訳のこと。
19　床が板張りで床暖房装置であるオンドルがついてない部屋。日本の縁側によく似ている。
20　外に出ない婦人のために化粧品、針、糸、装身具などを訪問販売する商人。

である。彼らはカラスの群れのごとく勝手に家々に出入りしていた。

確かに戦時国際公法[21]では、避難して人のいない戦地では家屋も物も占領して使ってよいことになっている。それで兵士は空き家と見れば入りこむのだ。

金氏の家に入った兵士たちはマルの端に婦人が倒れているのを見ては出ていくだけで、婦人を助けようとする者は誰もいない。

厳冬の季節なら、一日マルに寝ていたら凍え死んだだろうが、幸い気候が暑いときなので終日意識のないままマルに寝ていても大丈夫である。

夜になってようやく意識を取りもどしたが、夢や眠りから覚めるようにいきなり目覚めるのでなく、牡丹峰《モランボン》の霧が晴れるようにしだいに正気を取りもどした。

最初に目をあけると、空には星がきらめいている。

次にあたりを見まわすと、陰気な家に自分一人が倒れているが、ここはどこで、この家は誰の家で、自分がどうしてここに倒れているのか、何もわからない。

よく見れば、自分の家である。よく考えると、ここに来て腰を下ろしたことも思いだし、昨夜、日本の憲兵部に行ったことも思いだし、銃声に人々が集まってきたことも思いだし、盗賊に辱められるところだったことも思いだして、あらためて鳥肌が立つ。

ようやく我に返って気力を取りもどし、がばと身を起こしたが、思われるのは夫とオンニョンのことばかり。

アンパン[22]にはオンニョンが寝ているように思われ、サランバン[23]には夫がいるような気がする。オンニョンを呼べば起きてきそう、夫を呼べば返事をしそうだ。昨日のことは絶対に夢だ、自分は悪夢を見たのだ。いまは夢から覚めたからオンニョンを呼んでみようと、アンパンに向ってオンニョン、オンニョン、オンニョンと呼んだが、鳥肌が立って声はしだいに力を失っていく。

立ちあがってアンパンの戸の前に行くと、足が震えて胸がドキドキする。戸をつかんで一気に開けると、部屋の中で雷が落ちるような音がし、婦人は悲鳴をあげて立ちすくんだ。

21　戦争状態のおいてあらゆる軍事組織が遵守すべき国際法。
22　主婦の部屋。母屋の奥にあり台所がついている。
23　主人の書斎で客の接待にも使う。母屋と離れた部屋。

（九）

昨日、この部屋から避難したときは部屋の中は散らかっていなかった。だが今朝、外国に行こうと決心した金冠一が出るときに何かを探そうとして、タラク[24]と壁欌《ピョクチャン》[25]の中にあった箱[26]と行李[27]を残らず取りだし、その蓋が明け放しだった。箱の上に行李を置き、行李の上に箱を置き、きちんと積んだものもあれば、いまにも崩れそうなものもある。慌てて出ていったらしく、壁欌とタラクの戸は開け放しである。

仔犬みたいな大鼠がタラクから部屋の中に出てきて威張っていたが、部屋の戸が開く音に驚いて箱の上から床に飛びおり、その拍子に箱が落ちた。その箱はオンニョンの手箱だったので、貝殻とか、ブリキの破片とか、鈴とか、ガラス瓶も入っていたから落ちる音が静かなわけがない。それが怯えていた婦人の耳に雷が落ちたように聞こえたのである。

婦人は気を取り直してマッチを探そうと部屋の中に入ったが、足に引っかかるもの、体に触れるものすべてが恐ろしく、また部屋を出てマルに腰を下ろした。宵の口なのか、夜中なのか、明け方なのかもわからないので、ひたすら夜明けを待った。心の中でもう明け方のはずだと思いながら、東の空だけを見ていた。鶏が羽を合わせてコケコッコーと鳴く声は一番鶏に違いないのに、夜はなかなか明けなかった。

人の憂いは日が経《た》つにつれしだいに減るものだが、その家に一人でいる婦人は一日、二日、十日、半月と経つにつれて憂いが増し、心乱れ、荒涼とした思いは減じるどころかますます深まっていく。

では、どうして生きているのか。一つの事を待って死ぬのを堪えていたのだ。

避難した翌日、部屋の中の道具が散らかっているのを見て、婦人は夫がもどったことを知った。

24　台所の上などを中二階のように造作した収納スペース。屋根裏部屋。

25　作りつけの押し入れ。壁に穴をあけ、小さな戸をつけて中に物を入れられるようにしてある。

26　原文は櫃《クエ》。上に向かって蓋が開く箱。

27　原文は籠《ノン》。柳や萩で編んで紙を貼り、衣類などを入れる箱。

オンニョンと自分を探しまわった夫が途中で家にもどり、誰もいないのを見てまた探しに行ったのだろうと思った。

夫が幼い子と若い妻のことを心配して探しまわり、どんなに苦労をしているかと思うと申し訳なく、ねぎらうために、日が暮れたあとも夫がもどってくるかと門を閉めずに座ったまま夜を明かした。その翌日も、次の日も、昼も夜もずっと待った。人の声が聞こえれば飛びだし、犬が吠えれば後を追った。

待ち焦がれた心はやがて疲れ果て、あきらめの心が生まれた。

どこかで人が沢山死んだという噂があれば夫がそこで死んだような気がし、どこかで幼い子どもが死んだという話を聞けばオンニョンがそこで死んだような気がする。

夫が生きて帰ると待っていたときは心の支えがあったが、もう死んだのだと決めてしまうと、少しもこの世にいたくない。

（一〇）

死のうと決心した婦人は大同江に身を投げるため、夜になるのを待って川辺に向かった。ときは八月十五日、[28]空は洗ったごとく晴れて、月は提灯《ちょうちん》のように明るい。銀粉を撒《ま》いたような白砂の川辺に人影はなく、白鷗《ペック》は眠っている。婦人は嘆息して言った。

「月よ、広い世を見ているおまえに尋ねよう。夫は消息がなく、オンニョンの行方もしれない。この世にいるなら、家に帰るはずなのに、何の便りもないのは北邙山《ほくぼうざん》[29]の客になったのだろう。一人で生きていれば、この身には一生憂いが続くが、死ねば憂いもなくなる。十五年の夫婦の情と、七年の母娘《おやこ》の情は、

28　陰暦の八月十五日は陽暦の九月十四日。家族が離散したのが平壌の会戦があった陽暦の九月十五日であり、それから時間がたっているのでこの日付はおかしい。作者もそれに気づいたのだろう。翌年に刊行した単行本、広学書舗版で九月十五日（陽暦十月十三日）に直してある。

29　中国河南省洛陽市にある墳墓として有名な山の名前。墓地を表す。

いつのことであったのか、いまでは夢のよう。
夢のようなわたしの一生も今日までで、
青く深い水が、わたしの行くところ」

こう嘆息すると、チマをたくし上げ、歯を食いしばり、両目をつぶって水に飛びこんだ。その川は大同江、その人は金冠一の妻である。

（一一）

下流の渡しに一艘《いっそう》の小舟が浮かんでいた。乗っていたのは船頭と、平壌城内に住む高《コウ》チャンパルという者で、二人きりで月夜にパムユッ[30]を楽しんでいた。その船頭と高は違う親から生まれたのに性格がそっくりで、船頭が高に似たのか、高が船頭に似たのか、生業は違っているが仕事さえなければいつも一緒である。一緒に何をするかというと、二人のうち一人に金があれば貸しあって闘銭[31]をし、二人とも文無しなら煙草を賭けるかパムユッをするのだ。飯を一日抜けと言われればお安い御用だが、一日賭けをするなと言われたら病気になる連中である。その晩も高が船頭を誘って二人でパムユッをしていた。上流で変な音がしたが勝負に夢中で気づかず、人が流れてきて船に引っかかり苦しがるのを見て、急いで飛びこんで引揚げてみると婦人だった。高い丘の上から飛びこんでいたら水の深い浅いにかかわらず命はなかったろうが、砂浜から水に入ったので深さが一、二尺[32]しかなく、死ぬには浅すぎる。だが婦人は死ぬつもりで身投げしたので、浅くてもそのつもりで横になって水に浮かび、流れていって船人に助けられたのである。

30　四本の木の棒をサイコロのように投げてコマを進めるユンノリ双六《すごろく》を小さくした遊戯。パムは栗の意味で、サイコロが栗のように小型になっている。
31　賭博の一種。人、魚、鳥、キジ、ノロ、星、馬、兎を描いた絵札を使う。
32　一尺は約三十センチ。

(一二)

火薬の煙は雲が雨を伴うがごとく動いた。平壌の銃声は義州[33]に移り、白馬山[34]には鉄玉の雨が降り、鴨緑江《おうりょくこう》には死体の橋が浮かぶ。

平壌のいくさが収まって義州であらたないくさが起きるのは、いわば火事になった家でアンパンの火は消したがコンノンバン[35]に火がつくようなものである。一つ家であるのに、アンパンの住人は自分の部屋の火が消えたことを幸いだと思い、義州には血の雨が降っているのに平壌城内にはしだいに笑い声が広がっていく。

避難して身をひそめていた人々がしだいに集まってきて、城中は前の姿を取りもどしていった。

閉まっていた家々の門も開かれ、人影がなかった路地にも人々が行き来し、犬が吠え、厨房の煙がたなびく様子は平和な世がもどったようだが、北門の金冠一の家は門が閉まったままで訪れる人もない。

ある日、荷をつけた馬に乗ってきた老人が金氏の家の前で馬から下りた。門をゆすってみると門《かんぬき》が掛かっていないので中に入り、また出てきて隣家に尋ねる。

「もしもし、お尋ねするが、この家は金冠一、つまり金初試[36]の家かな」

「ああ、そうだが、誰もいないようだよ」

「私は金冠一の舅《しゅうと》じゃ。婿には会ってきたが、娘と孫が避難先から無事もどったのかどうかわからず、ここまで訪ねて来た。いま家に入ってみたが誰もいないので、心配になって尋ねておるのじゃ」

「うちも避難していたもので、帰ってから何日もたっていないから、隣のことでもよくわからないねえ」

仕方なく、老人がまた金氏の家に入って詳しく調べてみると、家族が避難したあと家財は盗賊に荒らされ、空の行李ばかりが残っている。壁に諺文《オンモン》[37]で書かれた文字が

33　鴨緑江左岸の古い町。中国との国境守備の関門で平安北道の中心地だった。
34　鴨緑江沿いの山。白馬山城があった。
35　マルを挟んでアンパンと向かい合った部屋。成人した息子などが起居する。
36　本来、初試は科挙の最初の試験に及第した人のことだが、学識ある人の呼称としても使われた。

あったが、その文字は金冠一の妻の筆跡で、大同江に身を投げて死のうとした日に、この世に別れを告げる言葉だった。

老人はその筆跡を見て驚き、悲しみを抑えられなかった。

（一三）

老人は以前に平壌城内に住んでいた崔主事《チェチュサ》[38]で、名前を恒来《ハンネ》という。十年前に釜山に引越して手広く商売を営んでいた。当年取って五十歳で、財産はあるが息子がなく、養子をとったが気が合わず、実の子である一人娘を溺愛した。崔主事が苦労し心を砕いて育て上げた娘であり、継母の冷たい視線のもとで育った娘でもあったその子が、すなわち金冠一の妻である。崔主事が娘を育てたことを語ろうとすれば、蘇秦の舌を二、三枚つなぎ[39]、三月、四月の日がな一日、どれほど語っても語りつくせないだろう。金冠一の妻の名は春愛《チュネ》といい、七歳のとき母が死んで継母に育てられた。継母は婦人の礼節については称賛すべき人だったが、一つだけ欠点があった。それは前妻の子の春愛を苛《いじ》めることである。前妻の使ったものなら器一つでも巫堂《ムーダン》[40]を呼んで燃やすか、壊してしまわなければ気が済まない。そんな継母の性格を前にしてどうすることもできないでいたのが、前妻の子の春愛だった。

崔主事は娘を玉《ぎょく》のごとく愛し金《きん》のごとく可愛いがったが、妻が見ている前で可愛がると継母である妻から陰で苛められるため、娘を褒めたいときでも妻の前では叱ったり怖い顔をすることが多かった。

崔主事が妻に頭が上がらないのかといえば、そうではない。

白骨になった前妻への嫉妬心をのぞけば妻には何の欠点もなく、これほどの妻は朝鮮八道[41]を靴が擦り切れるほど歩きまわっても見つからないというのが親戚たちの一致

37　ハングルの旧称。
38　主事は男性の尊称。
39　蘇秦は中国の戦国時代の名高い外交戦略家。「蘇秦の舌」とは言葉が巧みなことをいう。
40　巫女。シャーマン。
41　朝鮮の行政区分。咸鏡道《ハムギョンド》、平安道《ピョンアンド》、黄海道《ファンヘド》、江原道《カンウォンド》、京畿道《キョンギド》、忠清道《チュンチョンド》、慶尚道《キョンサンド》、全羅道《チョルラド》を八道という。

した意見だった。崔主事はいまの妻とは仲睦まじく、そして前妻の娘の春愛を愛していたので、娘のことを考えれば妻の意に添うことが上策なのである。春愛は小さいときから聡明で、人の顔色を察するさまは幼い子どものようでなかった。継母に生母のようになつき、一人になったときだけ涙を流して死んだ母のことを想った。そんな苦労の中で育って金冠一の夫人になった春愛を崔主事は嫁にやったとは思わず、いまだに乳飲み子のように思っていた。

平壌のいくさの噂は他の人々にとっては隣家に葬式が出たという程度だが、釜山の崔恒来《チエハンネ》には鳥肌が立つほどの恐怖であり、心配事だった。

ある日、婿の金冠一が釜山の崔主事の家に現れ、いくさに巻き込まれた話をして外国に勉強に行くつもりだと話した。崔主事は婿に学費を与えて外国に行かせてやり、自分は娘と孫の生死をはっきり知ろうと平壌に来たのである。娘が大同江に身投げするときに書いた壁の上の文字を見ると、娘を育てたときの苦労の数々があらためて思いだされた。七歳で母を失ったときに死んだ母に頰をあてて泣いていた姿、継母の冷たい視線を受けて小さくなっていた姿、そして自分が釜山に引越すときは父娘《おやこ》がもう会えないかのように泣きながら別れた様子も鮮やかに目に浮かんだ。やがて陽はしだいに沈んでいき、日が暮れるにつれて誰もいない家には言いようもなく侘しい気配がただよってくる。

（一四）

崔主事は口からなんとも元気のない声を出して、連れてきた従者を呼んだ。

「これ、マクトン、馬の背の荷物をはずして、母屋のマルに運んでくれ」

「馬はどこに繋ぎましょうか」

「馬方屋[42]に連れていきなさい」

「わたしはどこで寝ましょうか」

「馬方屋に金をやって飯を出させ、この家の行廊房《ヘンナンバン》[43]で寝るがよい」

42　馬を置いて人や荷を運ばせるのを業とする家。
43　門の両脇にある部屋。使用人などが住む。

「旦那様も少し何か召し上がってお休みになった方がよろしいでしょう」

「私は酒でも飲もう。馬の荷箱から酒を一本下ろし、重箱も出してくれ。この部屋で酒を飲み、夜が明けしだい釜山にもどろう。いくさとはどんなものかと思っていたが、人間にとって最悪のものがいくさじゃ。

私の血肉は娘が一人、孫が一人だけなのに、来てみればこの始末だ。マクトンや、おまえのように学のない者に言っても仕方ないが、これからは子孫を守りたかったら国のために働け。我が国が強かったら、このいくさは起きなかっただろう。苦労して育てた娘はまだ若くて病気一つしなかったのに、いくさで死んでしまった。疱瘡《ほうそう》、はしか、すべて済まして元気だった孫も、いくさの中で死んでしまった」

「国は両班《ヤンバン》[44]たちが亡ぼしたんですよ。

サンノム[45]は、両班が死ねと言えば死に、鞭打たれろと言えば鞭打たれ、財産があれば取られるし、連れあいの器量が良ければ奪われます。わたしのようなサンノムは、財産、連れあい、命一つも守れずに両班に支配されているのですから、国のために働く力などありますか。

うっかり口を開けば命を奪われ、それ足の筋を切れとか、それ島流しだと命じる両班の剣幕を前にして、サンノムに人の価値などどこにありましょう。いくさが起きたのも両班のせいです。日清戦争は閔泳駿《ミンヨンジュン》[46]という両班が清人を呼び込んだそうじゃないですか。いくさのせいで亡くなったお嬢様とお孫様は、きっと鬼神《きしん》となって閔泳駿という両班を引っとらえていくことでしょう」

そう言って話しつづける。もともとその下人は生意気なので崔主事は気に入らなかったのだが、いくさ中の旅の危険を考えて利発な彼を連れてきたのである。こんな大変なときに生意気でぶしつけなことを言うとは、まさにいくさの世の中である。叱るわけにもいかず、心配事があるときにそんな話は聞きたくもないので、金を渡して言った。

44　両班は、高麗と李朝時代に官僚機構を担った支配階級。身分階級である良民（両班、中人、常民）と賤民（奴婢、白丁）の最上位に位置した。

45　常民を卑しんで呼んだ語。ノムは奴の意。

46　李氏朝鮮の第二六代国王の高宗の正妃として朝廷で強い権力を持った閔妃の外戚で、閔氏一門の実力者（一八五二〜一九三五）。一八九四年に甲午農民戦争が起きたとき朝廷軍が破れると清の袁世凱《えんせいがい》に出兵を要請し、それを理由に日本も出兵して日清戦争が起きた。

「マクトン。おまえも外に行って、いやというほど飲んで来い。やけ酒だ」
マクトンは外に行き、崔主事は一人で酒を飲みはじめる。

（一五）

運命《パルチャ》を嘆いて一杯、世の中を恨んで一杯、娘を想って一杯、孫を想って一杯、ほろ酔い加減になってあれこれ考えずに酒だけ飲んでいるうちに、カッ[47]をつけたまま木枕《モクチン》を枕に横になり、眠りに落ちて夢を見た。娘と孫を連れて牡丹峰の下に避難し、強盗に出会って散々苦労をしたあげく、娘は盗賊から逃げようとして高い丘から落ちて死んでしまう。それを見た崔主事は逆上して杖で盗賊を打ち殺そうとするが、盗賊は飛びかかって殴りかえす。転んだ崔主事は起きようとするが、盗賊が組みしいて胸ぐらを摑み、刀を抜く。崔主事は息ができず必死に起きあがろうとする。悪夢を見ているのだ。

横から誰かにゆすられて、「アボジ。どうしてここにいるの、アボジ、アボジ」という声に驚いて崔主事が目を覚ますと、それは一場の夢であった。目をあけてよく見れば、大同江に身を投げると壁に辞世を書きつけた娘がいるではないか。うれしい思いにひたる一方、これも夢ではないかと疑った。

「死ぬと壁に遺言を書いていったおまえが、どうして生き返ったのじゃ。さっき見た夢でおまえは高い丘から落ちて死んだが、いまおまえを見ると、これは夢なのか、それともあれが夢なのか。これが夢なら覚めずに十年、二十年でもこのまま過ごせたらどんなにいいか」

そう言う崔主事にとって娘と会えたことはまるで夢と同じだが、娘が生き返った詳しいいきさつは知らなかった。

47 大人がかぶった冠。馬のたてがみや尾の毛で作る。

（一六）

身を投げた夫人は浮かんで流れているときに船頭と高チャンパルに助けられた。チャンパルの母と妻は夫人を輿《こし》[48]に乗せて自分の家に連れていき、数日間、手厚く看病したので、夫人はしだいに回復し、その日は夜になるのを待って[49]チャンパルの母を連れて家にもどったところだったのである。途中で何かを買っていくと言う彼女を残し、夫人は勝手を知った自分の家に先に帰ってきたが、見れば母屋のマルには馬に載せる荷箱が置いてあり、アンパンは火が灯《とも》って明るい。以前だったら夫人は戸を開ける勇気もなかっただろうが、散々苦労をした今では怖がることも恐れることもなくなっている。人の家、人の部屋に誰が入りこんでいるのだろうと思い、ためらうことなく戸を開けてみると誰かが寝ながら悪夢に苦しんでいる様子。よく見れば自分の父親だ。父親に出会った夫人はあまりのうれしさに言葉もなく、ただ泣くだけだった。

あとから来た高チャンパルの母が駆けよって一緒に泣く。

「旦那様、いくさの中をここまで来られたのですね。世の中はわからないものです。旦那様が釜山に引越されたとき、年取ったこの身は生きて再びお目にかかれないと思っておりましたのに、年寄りは生きてまたお目にかかり、幼いオンニョンと若旦那様はどこかで亡くなって、旦那様がいらっしゃったのに会えないとは」

この言葉は心から湧きでた人情である。老婆は人情のある人間であった。

高チャンパルの母は、もともとは崔氏の家の召使だった。三十前から通い奉公でなく崔主事の家で暮らし、釜山に引越すときも主人について行こうとしたが、チャンパルの賭博が崔主事の気に入らなかったため一緒に行けず、生計の道を失って平壌に残った。今回、そのチャンパルが大同江の船の中で眠らずに賭けをしていたおかげで金冠一夫人の命を救ったのである。チャンパルは、今度は賭け事を称賛されることになった。

48　中に人が座り、二人か四人が担ぐ乗り物。
49　良家の婦人は昼間外を出歩かず、夜に外出する。

（一七）

父親から夫の金冠一が外国に留学したと聞かされた夫人は、遠く離れるのは寂しいがいくさの中で命が助かっただけでも幸いだと思い、話す父親の口を見上げて目には涙をためながらも顔には喜色を浮かべた。

「娘よ、おまえの家は家長がいないから、一人で暮らさずに私と釜山に行き、私の家で一緒に暮らせばいいではないか」

「わたしが死のうとしたのは夫が亡くなったと思ったからです。わたし一人で生きるのが嫌だから大同江に身を投げたのですが、人に助けられるところとなり、いま夫が外国に留学したという消息を聞きました。わたしはこの家を守り、何年先になってもこの家で夫の顔を見るつもりです。アボジはわたしのことは考えず、代わりに夫が勉強できるよう学費をきちんと送ってくださるようお願いします。わたしはこの家でチャンパル・オモニ[50]と、痩せ地から上がる小作料で食べていきます。

それにつけても、オンニョンさえいてくれたら慰めになったのに。長い歳月をどうして待てばいいのやら」

娘の言葉に崔主事の心は塞《ふさ》がる思いだったが、忙しい人間が長くとどまるわけにもいかず、数日後に釜山に発《た》ち、夫人はチャンパル・オモニと暮らした。行廊房《ヘンナンバン》[51]には年寄りの寡婦、アンパンには若い寡婦が住み、金冠一が帰ることだけを待ち、歳月が過ぎてそれが実現することだけを待った。夜は長く、昼も長い。その夜と昼を合わせれば月になり、年になる。世の中で難しいのは人を待つことだ。夫人は苦労している人間は自分一人だと思っているが、それよりもっと苦労している人間がいた。夫人の娘のオンニョンである。

50　オモニは母親という意味で、チャンパル・オモニはチャンパルの母という意味になる。
51　三九頁の注43を参照。

（一八）

避難の中、オンニョンは牡丹峰の下で両親とはぐれてしまった。母を呼びながら足を踏み鳴らしていると、どこからか銃弾が一発飛んできて左足に当たった。倒れたオンニョンはその夜を山で生きのびた。翌日、日本の赤十字看護士が見つけて野戦病院に運んでくれたが、軍医が見ると重傷ではなく弾は足を貫通していた。軍医が言うには、もし清の銃弾に当たっていたら、弾に毒薬が混じっているので一晩すると毒が体に広がっただろうが、オンニョンが当たった弾は日本製なので治療が楽だという。果たして三週間もたたずに傷は完全に治った。帰ってもよいことになったので、病院の方で家はどこか尋ねると平壌北門だという。本人も幼いし情況も気の毒なので、通弁をつけて家に行って見させたところ、オンニョンの母親が大同江に身を投げるという文を壁に書きつけていったあとだった。その文を見て同情した通弁はオンニョンを野戦病院に連れかえり、気の毒に思った軍医の井上少佐は彼女を奇特な子だと思って通弁を介して本人の意見を聞いた。

「おまえは両親がどこに行ったのか知らないのかね」

「……」

「それでは、おまえが私の家に来れば、学校で勉強できるようにしてあげよう。おまえがちゃんと勉強するなら、私はおまえの国を探して、両親が生きていたらおまえをきっと家に送りかえしてあげる」

「わたしのアボジとオモニが生きているとわかったとき、わたしを家に返してくれるというのなら、どこにでも行きますし、どんなことでもやります」

「それでは今日にでも仁川《インチョン》に行きなさい。御用船[52]で日本に行けるようにしてやろう。私の家は日本の大阪だ。家に行けば家内がいる。息子も娘もいないから、おまえを見たらとても可愛がるだろう。おまえの母親と思いなさい」

そう言って、帰国する傷病兵に大阪まで送るように頼んだ。オンニョンは輿《こし》に乗って仁川まで行き、仁川から蒸気船に乗った。背後は父母の消息の知れない故国、向か

52　日本政府の船。

うところは見知らぬ他国の山河である。

（一九）

もし凡庸な子が七歳でいくさの避難の最中に父母を失《な》くしたら、父母の事しか考えられず、知らない人が何か聞いても涙ばかり流して要領を得ず、聞くことにもまともに答えられないだろう。ところがオンニョンは実に利口で大人びており、一人でいるときは両親が死ぬほど恋しいのに、人に会っているときはまったくそんな気配を感じさせなかった。

オンニョンの顔は玉《ぎょく》を彫って化粧をしたように美しい。

それで両親が名前を付けるとき、その姿のように美しい名前を付けようとして夫婦でいろいろ議論した。

玉みたいに白いからと玉《オク》を主張するのは母親、蓮のごとく華やかだからと蓮花《リョンファ》を主張するのは父親。この日の議論は紛糾したが、講和談判が成立して「玉《オク》」の字と

「蓮《リョン》」の字を合わせて玉蓮《オンニョン》と名付けたのである。子を愛する心のせいで、多くの父母には黒い石ころが玉のように見えることもあり、黄ばんだ花やカボチャの花[53]のようなものが蓮の花のように見えることもあるが、オンニョンは両親の目にだけ美しいのでなく、どんな人でも褒めない者がいなかった。子どもがない人が見ると誘拐したくなるほどで、そんな人は、「オンニョンをさらって自分の子にできるものなら、とっくにそうしているよ」と言うのだった。

そんなオンニョンが両親を失って遠い他国に一人で行くことになったのである。船に乗っている人は気晴らしをするように彼女の傍《そば》に集まった。何か尋ねる人もあり、朝鮮語をできない人は荷物から菓子を出してくれた。さぞ煩わしかっただろうに、オンニョンは顔に出さなかった。

53　カボチャの花は朝鮮では不器量な女性の代名詞。

（二〇）

大海原を矢のように早く行く船は、仁川を出て四日目に大阪に着いた。大阪で下りる船客は旅装を整え、小舟に乗るなどして慌ただしいが、旅装もなく身一つのオンニョンは一人じっと座って、幼いながらも様々なことを考える。

「他の人は自分の家にもどるけど、
わたしは誰の家に行くのかしら。
他の人は用事があって大阪に来るのに、
私は用事もなく一人で他国に来てしまった。
手紙一通を懐に抱いていく家は誰の家で、
この手紙を読む人はどんな人で、
わたしを助けてくれる人はどんな人かしら。
娘にしてくれるなら娘になり、

召使にされるなら召使になり、
苦労をさせるなら、苦労に耐えましょう。
勉強させてくれるなら、一時も休まず勉強だけをしましょう」
あれこれ考えながらぼんやりしていると、平壌から同行した兵隊がオンニョンを呼ぶので、言葉はわからないが気配で察してついていく。その兵隊は平壌の会戦で右足に銃弾を受けて、オンニョンと一緒に野戦病院で治療を受けていたのだが、弾丸が神経を傷つけたために治療後も足が麻痺して杖に頼ってようやく歩いていた。先に立って下りる兵隊を見ながらオンニョンは、「わたしも足に銃弾が当たったけど、もし、あんな姿になっていたら自決する方が楽だわ。生きていても仕方がないもの」と呟いた。聞いてもわかる人はいないし、こんな言葉は聞かれない方がよいのだが、よいことはそれだけで、言葉がわからないことは本当にもどかしかった。オンニョンは唖のように、兵隊の手振りどおりについて行く。

（二一）

オンニョンの目にはすべてが初めてだった。港には船の帆柱が麻の束のように並び、大通りには二階、三階建ての家が雲のように聳《そび》えている。ムカデのごとく這《は》う汽車は口からシュッシュと煙を吐きながら、腹で天と地を踏み鳴らして風雨のように駆けていく。広くてまっすぐな道を行き来する人力車の車輪の音に驚いていると、兵隊が人力車二台を呼び、オンニョンを乗せ、自分も乗り、矢のように走らせ始めた。道を歩いているときは人波で転ばぬよう注意して何も考えられなかったオンニョンだが、人力車の上に座るとまた考え事をする。

「人力車よ、ゆっくりお行き。この道が終われば人の家に入り、ご飯も服もいただいて、心も不安で、体も自由でなくなるのだから。

人力車よ、急ぎなさい。心配で気になることは早く目で見た方がさっぱりする。家風が良くて人情のある人なのか、家には冷たい空気が流れ、人から毒気が滴《したた》る家なのか。運が良ければその家の人も良い人だろうが、両親を早く失くして遠い他国を流浪するわたしの運では……」

そんな思いに涙があふれ、しくしくと泣く。もう人力車は井上軍医の家の前に着いて止まっていた。

（一二）

人力車が止まったのを見たオンニョンはここが井上軍医の家だと思うと、小さな体が緊張でいっそう縮むような気がする。

悲しみというのは余裕があるから感じるものだ。涙はぴたりと止まってもう出てこない。

オンニョンが急いで涙を拭っているあいだに人力車夫が何か叫び、女中が出てきて玄関に膝をつき恭《うやうや》しく何か尋ねる。兵隊が二言、三言答えると女中は中に入り、また出てきて兵隊に中に入るように言う。兵隊はオンニョンを連れて井上軍医の家に入った。

兵隊が井上夫人に軍医の消息を伝え、オンニョンに言及して戦地で起きたことを話すあいだ、オンニョンは井上夫人の顔色だけを見ていた。

夫人の年は三十になるかならぬかで、オンニョンの母親と同じくらいだ。年齢は母親と似ているが顔かたちは反対だった。

母親は目に愛嬌があったが、井上夫人は目に殺気がある。

母親は顔が白くて桃花の色をしていたが、井上夫人の顔は白いのを通りこして青いほどだ。上品でもあり、冷ややかでもあった。

軍医の手紙を受け取って読みながら、オンニョンの方を時々見ては兵隊に何か話しかけているのは全部自分のことに思われ、きちんと座っていると、話を終えた兵隊は別れの挨拶をして出ていく。井上軍医の家に一人で残ったオンニョンの心は、あらためて窮屈で落ち着かない。

（一三）

「雪子や、わたしは娘を産んだよ」

「奥様は子どもがなくて寂しかったのですから、お嬢様ができてどんなに嬉しいことでしょう。でも今日産んだお嬢さまは、すごく早熟ですこと」

「雪子や、おまえがオンニョンに言葉を教えて、仮名も教えておあげ。言葉を覚えたら一日も早く学校にやるんだよ」

「わたしにお嬢様を教える資格があったら、お宅で女中なんかしていませんよ」

「難しいことを教えろと言うんじゃない。尋常小学校一年の読本《とくほん》程度を教えるのよ。おまえの妹と思って教えておやり。言葉がわかるようになるまで、家ではおまえが先生だよ。先生兼女中は難しいだろう。月給をたくさん払うからね」

「月給はいいですから、芝居見物をいっぱいさせて下さいな」

「雪子や。オンニョンを連れて雑貨店に行き、この子に合う洋服を買ってから風呂屋に行って沐浴させ、朝鮮の服の代わりに洋服を着せてみようじゃないか」

　井上夫人はオンニョンをそんなふうに可愛がるのだが、言葉のわからぬオンニョンは夫人の冷ややかな姿に委縮して、しぶしぶついていく。

話せない犬でも可愛がればわかる。まして人間であるから、幼い子でも自分が愛されていることに気づかないわけがない。縮こまって寝ていたオンニョンは数日のうちに足を伸ばして寝るようになった。

井上夫人は日につれてオンニョンを可愛がり、オンニョンは日につれて井上夫人になついた。

オンニョンの聡明なことといったら、朝鮮の歴史にそんな女子がいたと聞いたことはないほどだ。朝鮮では女性をアンパンに閉じこめて何も教えないので、オンニョンのように聡明であっても、それを世間は知らなかったのかも知れないが。ともあれ普通の朝鮮の女性とは比べようがなかった。

オンニョンの才能は誰が聞いても「嘘でしょう」と言って本気にしないほどだ。日本に来て半年にもならないのに、日本語をどうしてこんなに話せるのか、井上軍医の家に来た人はオンニョンを日本の子だと思い、朝鮮の子とは信じなかった。

井上夫人がオンニョンを指さして言う、この子は朝鮮の子どもだけど来てから半年にしかならないのよ、という言葉はオンニョンの自慢なのだが、聞いている人は冗談だと思い、女中の雪子に詳しい話を聞くと感嘆して褒めるので、オンニョンも面白

「奥様。号外に何かありましたか。奥様が見られたのでしたら、ちょっと拝見しますよ」

（二五）

号外を持った雪子はニッコリして、その下は良く見ないで言った。

「奥様。ご覧なさいませ。遼東《りょうとう》半島が陥落しましたよ。奥様。日本は戦うたびに勝つから、うれしいですわ。あら、お国の兵隊さんがこんなに亡くなったのね。奥様、どうしましょう！　うちの旦那様がお亡くなりになった！　万国公法[54]で、戦争中でも赤十字の旗を立てたところは危険でないと言ってたのに。旦那様は軍医でいらっしゃるのに、どうしてこんなことに」

54　幕末から明治初期の日本と中国で使われた国際法の別称。一八六五年に幕府により翻訳され、万国公法の呼称は広く普及した。

「何ですって。お父さんが亡くなった！」

オンニョンは声を上げて泣き、夫人は声を出さずに涙をこぼし、雪子は夫人を見上げて口を震わせて泣き、家中が涙の渦である。

一枚の号外が、家の和《なご》やかさを断ち切ってしまった。

井上軍医は人の再びもどれぬ道を行き、井上夫人は冷たい枕を抱いて独り寝の歳月を送る。

朝鮮の風習ならば、青孀《チョンサン》寡婦[55]は再婚しないことを最良と見なして一生を憂いの中で過ごすが、そのような道徳上の罪にあたる悪《あ》しき風俗は文明の国にはない。若くして寡婦になれば再婚するのは恥ずかしいことではないから、井上夫人も善良な夫を得て再婚することになった。

「オンニョンや。若いわたしが一生一人で暮らすわけにはいかないから、再婚しようと思うの。おまえの世話をする人がいないのが気の毒だけど……」

オンニョンは井上夫人の嫁ぎ先について行きたかったが、夫人は連れていかないと言う。平壌城の外の牡丹峰《モランボン》の下で両親を見失い、足を踏み鳴らして泣いたときの心が忽ちよみがえる。

（二六）

オンニョンは夫人の膝に顔をうずめ、声を詰まらせて言った。

「母さん、母さんがお嫁に行ったら、わたしは誰を頼りに生きればいいの？」

「わたしのことは死んだと思っておくれ」

「母さんが死んだら、わたしも死にます」

その一言に夫人は胸を衝《つ》かれ、考えこんだ。すでに仲立ち人に対して自分は独り身だと言ってしまい、夫になる人もそう思っているから、いまさら娘が一人いると言うわけにもいかない。しかしオンニョンがなついているのを見ると捨てるに忍びないという心が湧く。

「オンニョンや、泣くのはおやめ。わたしが嫁に行かねばよいのだ。この家にいてお

55　夫と死別した若い女性。

まえに勉強をさせ、十年後にはわたしがおまえに頼るから、一生懸命に勉強するんだよ」

「母さん。本当？　お嫁に行かずに、この家でわたしに勉強させてくれるの？」

「心配しないで。子どもに嘘をつくものかね」

それを聞いてオンニョンは喜びにたえず、夫人の膝に腰かけ、頬をこすりつけて甘えた。

それからというものオンニョンが夫人を慕う心はますます強まり、学校に行けば家に帰りたくなり、下校時間になれば駆け足で家に帰ってきて夫人に抱きつき甘えるのだった。

だがそんな甘え方は何日もたたずに、顔色を窺《うかが》う行為に変わった。

最初はオンニョンの甘えを喜んでいた夫人が、なぜか甘えようとすると邪険にして冷たい空気を漂わせるのだ。

日がたつにつれてオンニョンは、苦労と憂いの中で過ごすようになった。

最初、嫁に行こうとした若い夫人はオンニョンの心情が気の毒で中止したのだが、独り寝の寂しさを感じるたびにオンニョンが憎らしくなるのだ。

どこかで貰ってきた子でなく、自分の腹を痛めて産んだ子であったとしても煩わしいという思いが日ごとに募っていくような気がする。

（二七）

夫人に可愛がられているときのオンニョンは外に出るのが嫌いだったが、憎まれるようになると家に帰るのが嫌になった。オンニョンを可愛がっているときの夫人は、オンニョンが出かけて遅くなると門に寄りかかって待ったものだが、憎むようになると、帰ってくるのを見て、

「ああ。あの子ったら、何の因縁があってわたしの家に来たのかしら」

と言いながら眉をしかめるのだった。

オンニョンは座ってもこの眉の下、

立ってもこの眉の下、

ご飯を食べるのもこの眉の下、

寝るのもこの眉の下、

眉の下で育つオンニョンは人の顔色を窺うことが増え、いつも涙を流した。

一日が三年にも思われる歳月が三年続き、オンニョンが尋常小学校に入学して四年がたった。学校で優等生のオンニョンは卒業式ではみんなに称賛されたが、その声はオンニョンには少しもうれしく聞こえず、うれしいどころか聞きたくもなかった。

中でも嫌なのはこんな声だ。

「あの子が、遼東半島陥落のとき亡くなった井上軍医の養女ですよ」

「夫人は養女のオンニョンを可哀そうに思って、再婚もせずにいるんですって。本当に立派ですこと」

「幼いあの子にその恩がわかるかしら」

「わからないでしょう。他人《ひと》の子は仕方ないですわね」

「立派ですこと。他人の子を育てて勉強させるために若いのに再婚もしないなんて、なかなかできないことだわ」

卒業式に集まった人々はオンニョンの才を褒め、彼女の義母である井上夫人を称賛してやまなかった。それを聞きながらオンニョンは人知れず悲しみにくれた。

（二八）

家に帰ったオンニョンは部屋に入って言った。

「母さん、わたし卒業証書をいただきました」

「もう勉強は終わったから、母さんを食べさせておくれ。勉強はおまえが自分でしたと思っているのかい。わたしがさせてやったんだ。おまえが朝鮮で育っていたら、勉強なんて知らなかったはずさ。おまえの運は日清戦争のおかげだよ。おまえの運は良くなったけど、私の運はダメになった。おまえを勉強させるために、長い年月、この苦労だよ」

夫人の恩着せがましい言葉を浴びながら、オンニョンは下を向いて静かに考えた。ようやく小学校を卒業した女の子に井上夫人を養う力はないし、夫人の力を借りて勉強するのも嫌だ。一つの考えだけが浮かぶ。

すぐにこの世を捨て、井上夫人の目を逃れて一日も早く黄泉《よみ》に行き、いくさで死んだ両親に会うのだ。夫人には何気ない顔で良い返事をしておき、その夜、身投げするため大阪港に出かけた。だが港には人が多いので人がいない場所を探した。

明るい月夜は近くの人を見分けられるほどで、あっちに行ってもこっちに行っても人がいる。オンニョンは東に行ってはもどり、西に向かってはまたもどり、その様子はひどく不審だった。

背後で誰かが「そこの子ども！」と呼ぶので振りかえると巡査である。びっくりしたオンニョンがすぐに返事をできないでいると巡査はいよいよ怪しみ、前に立って質問する。答えに窮したオンニョンが、勧工場《かんこうば》[56]で何かを買うために来て迷子になり、家を探しているところだと作り話をすると、巡査は疑わずに番地を聞いてオンニョンを家まで連れていった。オンニョンが迷子になっていたことを聞かされると、井上夫人は巡査にお礼を言って送りだし、オンニョンを部屋に呼んで座らせて尋ねた。

「おまえは何の用があって晩に港に行ったのだい？　狂ったわけでもあるまいに、東西南北、大阪中をほっつき歩いていたなんて、何をするために行ったの？

おまえのような娘を置いていたら恥をかくことになりそうだ。新聞種になりそうだ」

そう言っていやというほど叱られたが、一度心を定めたオンニョンにはそれ以上悲しいこともなく、明日の夜になることだけを待った。

（二九）

その晩、寡婦の寂しさで眠られない夫人は、起きて電気を灯し、小説を読み始めたが、やがてその本を置くと座ったままぼんやり考え事をしているようだった。ウィンモク[57]で寝ていた住込みの老女が身を起こして言った。[58]

「奥様。どうして起きられたのですか」

56　明治時代にあった雑貨店。多くの店が一つの建物の中でいろいろな商品を販売した。
57　オンドル部屋で焚口《たきぐち》から遠い部分。熱源から遠く温まらないので目下の人が座る。作者はこの箇所を日本ではなく朝鮮の風俗をもとにして書いている。
58　朝鮮の風習で、上流家庭では召使の老女が夜に女主人の用を足すため近くで寝る習慣があった。

「運命《パルチャ》が悪くて心配事の多い人間は寝つけないのだよ」

「奥様はパルチャを嘆くことなどございませんよ。これからいくらでも良くなる方法がございます。これまで奥様一人がご苦労なさったのはお嬢様のせいじゃありませんか」

「そうさね。他人の子どものためにこんな苦労をするなんて、わたしは馬鹿だよ」

「それでお嬢様が奥様をありがたく思うならまだしも、奥様を見ればそっと目をそらし、奥様を身震いするほど嫌っている様子」

「そうなのさ。わたしはあの子のために決まっていた再婚も断って三、四年もこんな苦労をしているのに、いくら子どもでもわたしに感謝していいんじゃないかい。それなのに怪しからんふるまいばかりだ。今日のことだって変じゃないか。子どもが夜に何のために港に出ていくのさ。身投げするつもりだったのかも知れないけど、わたしがいつ、あの子が死にたくなるほどひどく当たったというんだい。いくら考えてもわからない。もし死んだりしたら、世間はわたしがいびり殺したと思うじゃないか。とんでもない話だ」

「死ぬ気なんてありませんよ。死ぬなら誰もいない場所に行って死ぬはずで、誰が大阪のあちこちをほっつき歩いて巡査に目を付けられますか。奥様の悪評を立てようとしたんですよ。奥様、苦労ばかりなさって家にいても仕方ありません。再婚なさるならさっさとなさいませ。一歳でも若いときに行くべきです。

この婆も五十歳になって髪に白いものが交じり、いつの間にこんなに年を取ったのやらと思います。歳月ほど無情ではかないものはございませんよ」

「人もそうやって老いるのだから、わたしだって一生このままの姿でいられるはずがない。

どこでも良い。わたしが苦労をしなくても良いところがあれば、明日でも明後日《あさって》でも行くことにしよう」

（三〇）

夫人と老女はオンニョンが眠っていると思っているのか、それとも眠っていようがいまいが、話を聞いていようがいまいが気にしないのか。ともかく夫人はオンニョンを捨てて再婚することを決心したのである。

その夜、身投げするつもりで港に行ったオンニョンは死ぬこともできずに巡査に捕まって家にもどり、井上夫人と同じ部屋で寝ていた。声を殺して涙を流しているうちにいつしか眠りこんだオンニョンは、一つの夢を見た。

オンニョンは死ぬために平壌の大同江を訪ねた。歩いても前に進まず、大同江は見えるのに行きつけず、ひどく苦労していると、急に背後から、「オンニョン、オンニョン」と呼ぶ声が聞こえる。振りかえると母親だ。たいしてうれしいとも思わず、

「オモニはどこに行くの。わたしは今日、身投げするのよ」

と言うと、母親は、

「死んではいけない。おまえの父親がおまえに会いたいという手紙をよこした」

と言ったが、その言葉が終わらぬうちに井上夫人の近くで寝ていた老女が起きだし、

「奥様。どうして起きられたのですか」

と言った拍子にオンニョンは目が覚めた。また眠って夢の続きを見たいと思ったが、井上夫人と老女のやり取りがオンニョンのことばかりなので眠気が吹っ飛び、夢はそこで終わった。

電灯を背にして寝たまま話を聞いていると胸が痛くなる。老女は夫人が喜ぶことばかり言うので、夫人は一晩のうちに彼女をすっかり気に入ってこう言った。

「わたしがどこに行こうとおまえは連れていくから、そのつもりでいなさい」

すると老女は答えた。

「奥様はどこかに行く必要などありませんよ。旦那様がこの家にいらっしゃれば良いのです。奥様は婚家に行かずに旦那様を婿入りさせなさいませ。奥様は財産もありこんな良いお宅もあるのですから、旦那様になるお方は財産のあるなしでなく、気立てさえ良ければ十分です。お嬢様さえどこかに追いだせば済む話ですよ。この婆は死ぬまで奥様にお仕えしますから、苛めないで下さいませ」

（三一）

夫人は老女にワインを一本持ってくるよう命じ、

「おまえの言葉を聞くとすっきりして、心配事が皆どこかに吹き飛ぶようだ。わたしがいくら無情でもおまえを苛めることなどないよ。酒でも飲んで寝ようかね」

そう言ってワイン一本を二人で空《から》にしてから横になった。夫人と老女は深く眠りこんだようだ。

時計がボーンボーンと三時を鳴らした。老女の鼾《いびき》が天井を震わせている。

オンニョンが身を起こし、座ったままで老女の寝姿をじっと睨《にら》みつけ、

「たちの悪い老狐《おいぎつね》ね。これまで人を何人食べて生きてきたの?

わたしはおまえを見たくないから、さっさと死ぬわ。

おまえはそうやって百年でも生きるがいい」

それから顔を上げて、井上夫人に向かって言った。

「わたしの身体を産んだ人は、平壌のアボジとオモニですが、
わたしの身体を助けて育ててくれたのは、井上の父さんと大阪の母さんです。

わたしの運命《パルチャ》が良くないために、いくさでアボジとオモニを失い、
わたしの運勢が不吉なために、戦争で井上の父さんを失いました。

幼く弱いこの身は大阪の母さんだけを頼りに、遠い他国で生きてきました。

わたしの身は母さんからそれほど恩を受けたのに、わたしのせいで母さんが心配し

苦労するなら、それはオンニョンの罪です。

わたしが生きていては母さんに恩返しができません。

一日でも早く、一刻でも早く死ねば母さんに心配をかけず、わたしへの憂いも忘れることでしょう。

母さん、わたしは行きます。どうか、ご心配なさらないでください」

そう言って涙を流したが、やがて気を取り直して立ち上がり、戸を開けて外に出た。

行く先は黄泉《よみ》である。

港に着くと広くて深い海は天にも届くようだ。オンニョンはこれからそこに行くのだ。

オンニョンはその海をながめて言った。

「ああ、うれしい。来た道を帰るのね。日清戦争が起きたとき、いくさはわたしの家族ばかりひどい目に遭わせた。両親は死んだ場所もわからず、わたしは銃に当たって死ぬところを井上軍医の手で生きかえり、御用船に乗ってこの海を渡ってきた。来るときは水上の道だったけど、帰るときは水中の道を行くのね」

(三二)

「わたしがあの海に身を投げたらこの身はここで腐らず、波と風に浮かんで神戸と馬《ば》関《かん》[59]を越え、対馬島の前から朝鮮海峡[60]をながめて矢のように鎮南浦《ちんなんぽ》[61]に入り、大同江の下流から遡《さかのぼ》って平壌北門を見ることだろう。この身が腐るなら、大同江で腐りたい。海よ、頼んだよ。わたしはおまえについて行くから」

その声に応えるように海の音が急に盛り上がって天地すべてが海の音に包まれたようになり、オンニョンは眩暈《めまい》がして、そのまま倒れてしまった。

悔しさと恨めしさのために気絶したのである。少し生気を取りもどしたオンニョンは、そのまま眠って夢を見た。

後ろから、オンニョン、オンニョンと呼ぶ声が聞こえる。人の姿は見えないがオンニョンの心では、それはオモニである。「いいかい、死ぬんじゃないよ、もう一度会おうね」という声に応えようとするが声が出ない。焦って大きな声で叫んだ拍子に意識がもどった。目をあけると空には星が輝き、海の音は前と同じである。気絶したのか、眠っていたのか。うっとりしてオンニョンはまた考えた。

「わたしは今晩二度も夢を見たが、オモニはわたしに死ぬなと言った。オモニは生きているのではないかしら」

そう思って、あらためて考えた。

「オモニが生きていて、死ぬ前にわたしの顔を一度見たいという心に天が感動し、鬼《き》神《しん》がわたしの夢枕に立ったのだから、死ねば親不孝だ。苦労しても堪え、憂いがあっても忘れるのが正しい。そう。七歳のときから苦労の中で生きてきたわたしだ。生きて父母の顔をもう一度見てから死のう」

そう思い直して家に帰った。

59 山口県下関市。
60 朝鮮半島と対馬のあいだの海峡。
61 平壌に近い港湾都市。

（三三）

そのとき夜は明けようとしていた。大急ぎで井上軍医の家まで来たオンニョンが中に入らずに耳を澄ますと、老女の声が聞こえる。

「奥様、奥様。お嬢様はどこに行ったのですか」

「何だって。わたしはよく寝ていま起きたところだよ。オンニョンがいないと言ったかい。便所だろうから呼んでごらん」

「わたしが、いま便所に行ってきたところですよ。カギを掛けた玄関が開いているから外に出たようです」

それを聞いたオンニョンは入るわけにいかず踵《きびす》を返したが、行くところがない。何となく停車場に来てみると、朝の一番列車で発つ人々でごった返している。オンニョンは東京に行きたいと思ったが、切符を買う金はわずか二十銭しかない。大阪を離れてどこかに行き、人の家で奉公しようと決心して茨木《いばらき》停車場までの切符を買い、一番列車に乗った。三等車は混《こ》んでいて座る場所がないので立っていると、背中側に座っている書生が「女の子が前に立ったぞ」と朝鮮語で呟く声が聞こえる。オンニョンは振りかえった。十七、八歳くらいで、顔は日に焼けて熟した桃色、鼻が高く、目は生気にあふれている。洋服を着ていたが、その着方は初めて着たみたいに下手くそだった。オンニョンが振りかえったのを見てまた朝鮮語で呟く。

「この女の子は頭が良さそうだ。才能があるのだろう。我が国ならあんな子は遊んでいるが、ここではみんなが勉強をするという。この子は何をしているのかな」

（三四）

その言葉は周りにいる人たちには通じなかったが、オンニョンの耳には通じた。それどころか大阪にきて何年かで初めて故国の言葉を聞いたので限りなくうれしかった。しかし女の子から先に声をかけることは恥ずかしくてできないので[62]、オンニョンも書生の耳に聞こえるように呟いた。

「どこか座る場所はないかしら。ずっと立ったままでいられないわ」

それを聞いて後ろにいる書生は不思議に思い、

「あの子は朝鮮人なのか。日本人だと思ったのに朝鮮語を話しているぞ」

そう言うと、ためらうことなく尋ねた。

「子どもや。おまえは朝鮮人なのか[63]」

「はい。朝鮮人です」

「何歳のとき来て、来てから何年になるのか」

「七歳のときに来て、いま十一歳です」

「ここで何をしているのだ」

「尋常小学校で勉強して、昨日が卒業式でした」

「おまえは私よりいいなあ。私は勉強しに米国へ行くところだが、言葉も違い、文字も違う米国に行ったら、文字一字、言葉一つも知らない人間はどれほど苦労することか。日本に来てもう四年になるおまえはその苦労は免れている。幼い子どもが勉強しにここまで来るとは、実に立派だ」

「最初から勉強するつもりで来たなら褒められても恥ずかしくありませんが、運が悪くて苦労の道に入り、ここまで来たのですから褒められても……」

そう言って声を詰まらせ、目に涙をためてそっと下を向く。

書生はそれをじっと見つめ、しばらく会話が途切れた。停車場の呼子笛《よびこぶえ》[64]が響き、煙突から黒雲のような煙をシュッシュと吐きながら汽車は走りだす。

オンニョンは、茨木停車場に着いたら降りなくてはならないが、どんな家でどんな苦労をするのだろうと考え、前途が不安だった。

茨木までは遠くに思われるが、自分の切符ではそこから先へは行くことができないから嫌でも降りねばならない。汽車は日暮前には天の果てまで着くような勢いで走っている。茨木停車場は遠くない。

「おまえはどこまで行くのだ。立ったままで大丈夫か」

---

62 朝鮮では内外《ネーウェー》といって男女が対面することを避ける風習があった。対面が避けられないとき女性は男性に背中を向ける。

63 大人は子どもに対して해라《ヘラ》体というぞんざいな言葉遣いをする。ここではわかり易《やす》さを考慮して「おまえ」の呼称で代用する。

64 むかし鉄道駅で発車のときに吹いた笛。ホイッスル。

「茨木で降ります」

「茨木に知り合いがいるのかね」

「いません」

「では、なぜ茨木に行くのだ」

オンニョンはハンカチで目を拭いて答えない。書生はもっと尋ねたかったが、周囲の人たちが興味ありそうに二人を見ているので素知らぬ顔で車窓から遠くの山をながめた。だが心は涙を流すオンニョンの目にとらわれていた。

(三五)

速度を出していた汽車がしだいに緩やかになり、ガタンと止まった反動で立っていたオンニョンが倒れて書生の脚に手をついた。手をついたのがちょうど神経の敏感な場所だったので、車窓を見ながら座っていた書生が驚いて振りかえる。オンニョンがうっかり日本語で「失礼」と言うと、日本語を知らない書生にはわからなかったが、様子から「すみません」の意味だと思い、それには答えず明るい顔でほかの事を聞いた。

「おまえが降りるのはこの停車場なのかい」

車掌がまわってきて「茨木、茨木、茨木、茨木」と声を上げながら扉を開ける。幼いながらも日本の習慣が身についているオンニョンは書生に向かって腰を曲げ、日本語で別れの挨拶をして汽車から降りていく。雲霞《うんか》のごとき人波と下駄の音でいっぱいだ。書生は慌ててオンニョンの姿を窓から探したが、人に紛れて見えない。書生は鞄を持ってオンニョンを追いかけ、停車場の出口で追いついた。オンニョンは不思議そうな顔をして黙って外に出、書生も黙ってついて行く。

停車場の外に出たオンニョンが、どこに行けばよいかわからずにぼんやり立っていると、稼ぎに血まなこの人力車夫が後ろについてきて乗るように言うが、金もなく行くあてもないオンニョンは目もくれない。

「おまえに頼みがある。私は日本に初めて来たので、おまえに聞きたいことがあるのだ。ちょっと酒幕《チュマク》[65]に入れるといいのだが、おまえの考えはどうかな」

「それではそこに旅館がありますから、入って話しましょう」

そう言って先に立つ。茨木に初めて来たのは書生もオンニョンも同じだが、オンニョンは何度も来たことがある人のように慣れた態度で旅館に入った。

（三六）

旅館の女中は最上階の三階の部屋を案内して下りていった。書生はすべてが初めて見るものなので心を奪われ、オンニョンと会ったのを幸いだと思った。

「自分はここに来ただけでもこれほど大変なのに、米国に行ったらどうなるのだろう。おまえは他国に長くいたから世間のことに詳しいだろう。まずはおまえに学ぶことも多いだろうが、こうして遠い他国で会ったのだから、別れる前に互いを紹介しあおう。私は勉強したい一心で父母に内緒で米国に行こうと家を出たのだが、わずか日本に来ただけで大変な思いばかりして、どうしてよいかわからないところだ」

それを聞いてオンニョンは、ただ故国の人に会ったというより、実の父母か兄弟に会ったような気がした。

そして牡丹峰《モランボン》の下で足を踏み鳴らして泣いたことから、大阪港で身投げしようとしたことまで一つ残らず話した。

「それでは我々は一緒に米国に渡って勉強しよう。おまえの両親のことがわかったら、おまえを先に故国に帰してやる」

「……」

「学費のことは心配するな。祖国の民である我々は、勉強もできず野蛮を免れることができなければ、生きている価値がない。おまえは日清戦争で自分一人が犠牲になったと思っているようだが、国民みんなが犠牲になったのだ。自分の郷里で起きなかったとか、自分の目で見なかったから泰平盛世[66]と思っている連中はごくつぶしだ。人々がごくつぶしになって世の中を知らずにいれば、何年後かに我が国ではまた日清戦争のようないくさが起きるだろう。一日も早く勉強を始め、我が国の婦人教育はおまえが引き受けて文明の道を開いてくれ」

65　朝鮮の田舎にある酒食を提供する安宿。
66　世の中が平和で国力が盛んである。

それを聞いて、オンニョンの山のようにあった心配事はすっかり消えた。彼らはそのまま横浜まで行き、船に乗って広大な太平洋に乗りだした。

（三七）

菱《ひし》[67]の花のように浮かんで夜も昼も矢のように進む蒸気船は、三週間でサンフランシスコに到着して錨《いかり》を下ろした。米国にたどり着いたのだ。朝鮮で昼になれば米国では夜になり、米国で夜になると朝鮮では昼になる。昼夜が反対の別天地だ。山や川も目に新しく、人も初めて見る人たちである。背が大きく、鼻が高く、黄色い髪、白い肌の人々は、たとえ彼らの腹の中が道徳心でいっぱいだったとしても、オンニョンの目には恐ろしく見えた。

書生とオンニョンは陸に上がり、どこに行けばいいのかわからず相談した。

「オンニョン、おまえは英語ができるか？
少しもできない？

一言も？

それは困った。

道を聞くこともできないなあ」

四、五階建ての高い家は天にも届くようで、そこを人々がガヤガヤと出たり入ったりする様子からするに旅館のようなものも多いようだが、言葉が通じないのでどうして良いかわからない。オンニョンは手当たりしだいに日本語で何かを尋ねている。書生は、彼女が英語を少しできるのに謙遜してできないと言っているのだと思い、聞き取れない話を横で聞いている。

オンニョンの背丈を二つ重ねても見上げねばならないほど背の高い夫人が、顔に鳥網のようなものをつけ[68]、きれいな顔[69]の子どもを先にして通りすぎた。オンニョンが話しかける声を聞いて何か答えたが、書生とオンニョンの耳には「ババ…」という音にしか聞こえず、話をする声とは思えない。

67　池や沼に自生する一年生の水草。七月から十月にかけて水面で白い花を咲かせ、実は食用になる。

68　ヴェールのこと。

69　原文は「大根の根のようにきれいな顔」。

夫人は、後ろのフロックコートを着た男性を振りかえって、また「ババババ……」と言った。その男性は清国の言葉を話す西洋人だったので、清の言葉で何か言ったが、書生とオンニョンの耳にはやはり「ババ」という音にしか聞こえず、話す声とは思えなかった。

書生はオンニョンがその言葉をわかったと思い、尋ねた。

「何と言ったのだ」

「……」

「あの男の言葉もわからないのか……」

（三八）

そうやって苦労しているとき清国人の労働者の一隊が通りすぎたので、書生が追いかけて筆談を頼むと、彼らの中には漢字を知る者がいないのか、手で目を隠してその手をまた上げてクルクルと振る様子は、学がなくて文字を読めないと言っているらしい。

そのとき、見た目にも血色が良くて絹の服を着た清国人が馬車に乗って風のように走っていった。書生はその清国人を指さしてオンニョンに向かって叫んだ。

「あんな清国人なら、学がないはずがない！」

馬車に乗った人はその声を聞いたが、馬車に繋がれた馬はその声を聞こうが聞くまいが四つの蹄《ひづめ》で走り続け、書生の声が届かないところまで行ってしまった。馬車に乗った清国人は車夫に馬車を止めるよう言い、ひらりと飛びおりて書生の前にやって来た。書生が鉛筆で何かを書こうとしたが、清国人がオンニョンの服を見ると日本の着物である。日本人だと思って日本語で話しかけたのでオンニョンはうれしさに堪えず清国人の前に来て答え、書生は鉛筆で書くのを止《や》めて立っている。

その清国人は日本にしばらく滞在したことがあったので日本語を一言二言はわかるが、長いやり取りはできなかった。オンニョンが複雑な言葉を使うにつれて彼には通じなくなり、ただ朝鮮人という言葉だけは理解した。

再び書生の方を向いた清国人は、筆談でおおよその事情を理解し、名刺を一枚出して同国人に依頼の言葉を書いてくれた。その名刺を見ると、彼は有名な清国改革党の康有為《こうゆうい》[70]だった。名刺の宛先はサンフランシスコに長くいて日本語も話す清国人で、その人の周旋によって書生とオンニョンは米国のワシントンに行くことになった。

(三九)

二人は清国人の生徒たちと一緒の学校に入って勉強した。

ワシントンで五年間、一日も学校を休まずに勉強したオンニョンは、才能ある勤勉な学生としてその学校の女学生のなかで最も称賛されるようになった。

オンニョンは高等小学校[71]を卒業して優等生になり、名前と経歴が『ワシントン新聞』に載った。その記事を見て不思議なほど喜んだ一人の人物がいる。よほどうれしかったのだろう。知らぬ間に涙をこぼしていた。

喜びのあまり彼はむしろ疑いはじめ、その疑いを独り言で呟いた。

「朝鮮人のことを英語に翻訳したとき、もしや間違えたのではないか。私は米国に来てもう十年になるが、英語の知識不足で見誤ったのではないか」

そうやって気を揉《も》んでいる人の名は金冠一、彼の娘の名は玉蓮《オンニョン》である。日清戦争が起きたときに娘の生死を知らぬまま米国に来たのだが、『ワシントン新聞』の記事はオンニョンの学校の成績と、平壌出身で、七歳のとき日本の大阪に来て尋常小学校を卒業し、続いてワシントンに来て高等小学校を卒業したという簡単なものだった。自分の娘だと断言はできないけれども、オンニョンという名前、平壌出身であること、七歳で家を離れたという内容は、自分の娘だとしか思われない。そう思った金冠一は学校を訪ねた。しかし、そのときは卒業式のあとの夏の休暇中で、学校には誰もおらず尋ねる場所もなかったため、金氏はオンニョンに会えなかった。

70 中国、清末の学者、政治家（一八五八～一九二七）。日清戦争の敗北から日本の明治維新を範とする立憲君主制を主張し、光緒《こうしょ》帝を動かして戊戌《ぼじゅつ》変法を始めるが、西太后ら保守派による戊戌政変が起きて日本に亡命した。

71 日本の高等小学校は尋常小学校の卒業者により高い初等教育を行った学校なので、作者はエレメンタリースクールのあとのジュニアハイスクールをイメージしていると思われる。

（四〇）

オンニョンが卒業した日に卒業証書を持ってホテル[72]にもどると、主人はおめでとうと言いながら彼女の顔色を不思議そうに見た。

憂いに沈んだ様子のオンニョンは、夕食の料理も食べずに西の山に沈む夕陽を見てため息をついている。

そのとき外から客が来たという知らせがあり、その名刺を見たオンニョンはすぐに憂いの色を消し、客を案内するように言った。客がボーイについて入ってくるとオンニョンはさっと立ちあがって握手をし、テーブルに向きあって腰かける。その客は彼女と日本の大阪から同行してきた書生で、彼の名前は具完書《クウォンソ》という。

「卒業、おめでとう。

ハハハ、女の子の才能の方が男に優ったたな。おまえは米国にきて一年で英語をほとんど聞き取れるようになり、学校に入って今年卒業だが、私は来て二年で中学校に入り、来年が卒業だ。おまえには白旗を揚げて降伏だ」

オンニョンの答え方は、幼くして日本で育ったために日本語式である。

「あなた様のおかげで、こうやって勉強できましたことを深く感謝しております」

日本の風俗に慣れたオンニョンはその習慣で話すが、朝鮮で育った具完書は朝鮮の風習に従い、オンニョンが子どもなので「おまえ」と呼んでいる。[73] しかし考えてみれば自分も子どもである。

「ハハハ、我々は朝鮮人だから朝鮮の風習で話そう。我々が最初に会ったとき、おまえは幼かったので『おまえ』と呼んだが、いまは十六歳で体も大きくなったから、『おまえ』と呼ぶのは気まずい」

「朝鮮の風習で話そうと言いながら、子どもに向かって『おまえ』と呼ぶのが気まずいのですか」

「ハハハ、可笑《おか》しなこともあるものだが、私はまだ結婚してないから子どもなのだ。[74]

72　ホテルとあるが、作者は下宿かペンションのようなところを想定しているようである。解説に書いたように朝鮮人専用の宿所の可能性もある。

73　「『おまえ』と呼んでいる」の原文は「해라《ヘラ》体で話す」。

同じ子ども同士だから、おまえも私を『おまえ』と呼ぶのが正しい。気にせず、おまえも私を『おまえ』と呼んでくれ。そうすれば私がおまえを『おまえ』と呼んでも気まずくない」

（四一）

「あなた様には奥様がおられると思っていました……。米国に来るとき十七歳とおっしゃいましたが、朝鮮のように婚姻を早くする国で、どうしてそれまで結婚しなかったのですか」

「おまえは私のことをどうしても『おまえ』と呼ばないつもりだな。おまえに合わせてこちらが敬語を使うかな、ハハハ。いや、余計なことを言って失礼した。国にいるとき、両親は私が十二、三歳のときから結婚させようとしたが、私が嫌だと言ったのだ。我が国の人々が早婚[75]するのは正しいことではない。

私は勉強して学問と知識が十分に備わってから、妻も学問のある人を求めて結婚するつもりだ。学問もなく知識もなく、まだ乳臭い子どもを結婚させれば獣の雄雌のように陰陽の組合せの楽しみだけを知ることになる。我が国の人々が獣のように自己一身と妻や子どもの事しか知らず、国事を考えるどころか国の財産を盗もうと血まなこになっているのは、すべて幼くして学問をしなかったためだ。我々がこの文明の世界に来て、国家に有益で社会の名誉となる大事業をしようという目的のもと、万里他国で磨斧作針《まふさくしん》[76]の誠をもって勉学し、他の人々と同じく学問と知識を日に日に得ているこのとき、結婚して色情に精神を虚《むな》しく費すなら、志ある立派な男子とは言えない。

オンニョンよ、そうではないか」

具完書の元気の良い言葉を聞いてオンニョンの憂いは解け、笑って言った。

「そのような議論を聞くと心が爽やかになりますわ。

一人でいるときは本当に……」

74　朝鮮では結婚しない男性は一人前と見なされず、髷《まげ》を結うことが許されていなかった。

75　幼くして結婚すること。男子は十歳を超えると親が相手を探し始め、年上の女子と結婚させるのが一般的だった。

76　鉄の斧を磨いて針を作ること。どんな難しいことも辛抱強く努力すればきっと成功するという意。

そこで言葉を切って具完書を見上げる。具氏はオンニョンに心配事があることを察したが、もともとが闊達な人間である彼は時計を取りだすと軽快に立ち上がり、別れの挨拶をして大股歩きで出ていった。オンニョンは前のように椅子に腰かけて遠くの山をながめ、さっきの考え事をまた続ける。

(四二)

一人ため息をついて身の上を嘆き、昔の事を思いだしたり、先の事を心配したりして心が揺れる。

「ああ、月日が過ぎるのは早いこと。

日本から米国に来たのが昨日のよう。

日本の大阪で尋常小学校を卒業した日、わたしは一晩に二度も死のうとした。

今日も何か運の良くないことが起きるのではないかしら。

わたしは死ぬのが嫌で死ななかったわけでもないし、

勉強しようと思ってここに来たわけでもない。

大阪港で死のうと決心して身を投げようとしたとき、恨《ハン》[77]の心が夢になって表れたのか、オモニがわたしに死ぬなと言った声が夢とはいえあまりに本物のようで、悲しみを抑えて死ぬのを思いとどまった。しかし、広い天地に身を寄せる場所もない。あてどなく東京行きの汽車に乗ったところ天の助けで故国の人と出会い、何から何まで人の世話になって今日にいたった。長い年月を人の恩に頼るわけにはいかないが、世話にならなければたった一日でも生活費をどうして良いかわからない。どうしたら良いのだろう。両親が生きているとわかれば人の世話になっても生きるけれど、生死も知れない。わたし一人で生きていても仕方がない。むしろ大阪で死んでいればこんな心配はなかったのに、どうして死ななかったのかしら。

人の一生にこれほど憂いが多いのなら、死んで知らない方がましだ。でも、いまここで死ぬわけにはいかない。

77　ハン（恨）は朝鮮独特の民俗情緒である。恨み、無念、悲哀、自責の念など様々な感情を表し、朝鮮の文化は恨《ハン》の文化とも言われる。

わたしが死んだら具さんはわたしをひどく悪く思うはず。山のような恩を受けた具さんに恩を返さず死ねば、恩知らずになる。どうしたら良いのかしら」

そうやってため息をつき、椅子に腰かけたまま夜を過ごしているうちに意識が遠くなり、そのまま眠って夢を見た。

（四三）

夢の中は八月の秋夕《チュソク》[78]だった。一年でもっとも重要な節句とあって、平壌城内はざわついている。

子どもたちは真新しい秋夕の晴れ着を身につけ、餅や果物をお腹《なか》がはち切れるほど食べて、息を切らしながら飛びまわっている。

おとなたちはこれ以上飲めないというほど酒を飲んで酔っぱらい、大通りを練り歩く。コムンゴ[79]の弦と洋琴[80]の撥《ばち》は、朝鮮鶯《うぐいす》のように女の声音《こわね》を出して歌う時調[81]と一緒になって、あの露地、この露地、あのサラン[82]、このサランから流れだして聞こえぬところがない。城内はそうやって興に乗っているのに、オンニョンの夢に興はなく、悲惨な心を持ち両親の墓参りに行く。

北門の外に出て牡丹峰《モランボン》に登ると古墳のように大きな双墳[83]がある。オンニョンはその前に座り、腰から二個の林檎《りんご》を取りだして言う。

「ねえ、オモニ。こんなに大きな林檎、見たことある？　米国から帰るときに持ってきたのよ。一つはアボジ、一つはオモニが食べてね」

そう言いながら一つずつ置くと忽然として双墳は消え、二つの死骸が身を起こして

78　陰暦の八月十五日。正月とならぶ重要な祭日であり、この日は墓参りや祖先の祭祀をする。

79　伝統弦楽器。琴の一種で弦が六本あり、左手で弦を押さえ、右手で持った撥《ばち》で弦を打って演奏する。

80　中世イスラムに始まり、近世中国と朝鮮に伝わった弦楽器。両手に持った二本の撥《ばち》で交互に打って演奏する。

81　朝鮮固有の定型詩。

82　サランバン（二七頁注23参照）の略称。主人の書斎で客の接待にも使う。

83　盛り土を並べた夫婦の墓。

その林檎を食べ始める。肉が腐って落ち、骨ばかりが残った死骸である。林檎を食べると上下の歯が一度に抜けて前に落ち、その様子は、まるで乾燥した夕顔の種を撒き散らしたようだ。オンニョンは恐怖に襲われて叫び、悪夢にうなされた。

そのとき夜は明けていた。隣室にいる女学生がトイレに行く途中でオンニョンの部屋の前を通り、悪夢にうなされる声を聞いたが、人の部屋にむやみに入るわけにはいかない。慌てて電気呼出ベルを押すとボーイが来た。オンニョンの部屋から変な声がすると話すとボーイがドアを開け、その音でオンニョンが眠りから覚めるとすべては夢だった。

(四四)

悪夢から覚めたときはホッとしたが、思いだすと悲惨な思いに堪えられない。思わず嘆きの声が出た。

「夢とは何なの？

夢を信じるべきなのかしら。

それなら昨日の夢は、両親がこの世にはもういないという夢だ。

夢を信じるべきではないのかしら。

それなら大阪で夢を見て、両親が生きていると信じたことが徒労になる。

夢が本当でも、わたしには不幸なこと、
夢が本当でなくても、わたしには不幸なことだ。

しかし考えてみれば、夢とは虚しいもの。

アボジはいくさの中で亡くなったから、たとえ親戚がいても遺体は探せなかったはずで、まして親戚もいない我が家で長らえたのは、そのとき七歳の不孝な娘オンニョンだけ。アボジの遺体を探す人などいるわけがない。

牡丹峰の夕陽を浴びて飛びまわるカラスが漁《あさ》って高い枝に掛けるのは、戦場に残された死骸の臓腑だ。アボジの遺体を探し、墳墓を作って弔ってくれる有難い人など、この世のどこにいよう。

オモニは大同江に身を投げるとき、家の壁に永訣の言葉を書きつけた。平壌野戦病院の通弁がその文を読んで落涙し、わたしの耳に聞かせてくれたことを昨日のことのように覚えていながら、大阪港で夢を見てオモニが生きていると思ったのはすべて無駄だったのだ。オモニはきっと身投げして亡くなり、大同江で魚の餌になったのだろう。牡丹峰できちんと弔ってもらえたはずがない」

（四五）

オンニョンは両親のことを考えるのはやめようと決心した。自分の身の上は運命に任せようと思い、気を取り直して勉強していた本を出してそれに集中した。そして二、三日後には本への興味を取りもどしていた。

ある日、ボーイが一枚の新聞紙を持ってオンニョンの部屋にやって来た。新聞を彼女の前に広げて広告を指さす。

その広告を見たオンニョンはひどく驚いた。涙を流しながら、しかし顔は明るく輝き、笑いが半分、涙が半分である。

オンニョンはうれしさのあまり広告を最後まで読めずに呆然としていた。そして再び広告を読んだ。その心に疑いが浮かぶ。先日、夢で牡丹峰に行って両親の墓参をしたが、あれが夢なのか。それとも今日、新聞広告を見ているのが夢なのか。

一度は英語で読み、一度は朝鮮語で読んでから、[84]最後に漢字と朝鮮の諺文《オンモン》を混ぜて翻訳してみた。[85]

広告
去る十三日、黄色新聞[86]雑報に韓国の女学生金玉蓮が某学校卒業の優等生であるという記事が出たが、彼女が宿泊するホテルを知るため広告を出す次第である。玉蓮

84　金冠一は朝鮮語広告も出したらしい。だとすると『ワシントン新聞』は朝鮮人の同胞新聞ということになる。
85　ここでの「漢字と朝鮮の諺文を交ぜ」た文は国漢文を指す。国漢文とは、名詞の部分を漢字で表記したものである。
86　本来イエロー新聞は興味本位の煽情的な新聞のことだが、作者は黄色人種の朝鮮同胞新聞の意味で使っているようである。

のホテルを知る人は私に知らせて下されば相当の賞金（十ドル）を進呈する。

韓国平安道平壌人　金冠一

住所……

間違いなく、オンニョンの父親が出した広告である。

「ボーイさん。この新聞を持ってわたしと一緒に来れば、わたしのお父さんが十ドル下さるわ。さっそく行きましょう」

「私には賞金を受け取るような功績はないですから、賞金はいりませんが、あなたについて行き、父と娘が再会して喜ぶところを見ることができたらうれしいです。このホテルで何年もあなたをお世話した誼《よしみ》で、あなたと一緒に喜ぼうと思います」

オンニョンはその言葉を聞いていっそう喜び、ボーイと一緒に父親がいる場所を訪ねた。

（四六）

十年という歳月のあいだに姿がすっかり変わり、会ってもお互いをわからない状態である。オンニョンは新聞広告と名刺を持って父親の前に行き、おずおずと他人行儀な挨拶をしたが、間違いないという言葉を聞いて七歳のとき甘えていた心にもどり、父親の膝に顔をうずめて声を出さずに泣いた。金冠一の涙はオンニョンの頭の上に落ち、オンニョンの涙は父親の膝を濡らす。

「オンニョンや。立ち上がって、オモニの手紙を読みなさい」

「えっ、オモニの手紙ですって。オモニは生きていたの」

大事件が起きたように驚いて顔を上げる。

父親は自分の涙を拭おうともせず、ハンカチでオンニョンの涙を拭いてやった。すっかり幼いころにもどったオンニョンは、涙を拭いてくれる父親に顔を突きだしたままである。

金冠一が鞄を開けて紙の束を取りだし、その中から一通の手紙を探しだすと渡しながら言った。

「この手紙を見なさい。これが最初に届いた手紙だ」[87]

オンニョンはその手紙を受け取ってながめたが、母親の字を知らなかった。記憶力の良いオンニョンは母親の顔は覚えていたが、ハングルも知らない七歳のときに母親と別れたのである。その手紙を見て言った。

「わたしはオモニの字を知らないの。オモニはこんな字を書くのね」

そう言いながら父の前で手紙を広げて読んだ。

啓上

発たれてから三月《みつき》も経たぬのに、平壌におられたときのことがまるで前世のようでございます。遠い他国の水が合わずに胃腸を痛めておられるのではないか、心身ともに御無事であられるかと、心配はきりがございません。わたくしの経た苦難を申し上げても仕方ありませんが、消息がわかるようにざっとお話しいたします。オンニョンはどこで死んだのか行方が知れません。わたくしは死のうと決心して大同江に身を投げましたが、船頭と高チャンパルに救われるところとなりました。釜山の父が平壌に来てあなた様が米国に行かれたことを伝えてくださいましたので、その後は心静かに暮らしています。歳月が早く流れ、あなた様が故国に帰られる日だけを待っております。

とはいえ、あなた様は何十年帰られなくともこの世におられると知っていることが慰めですが、オンニョンには黄泉《よみ》の国に行く前には会えないことが恨《ハン》でございます。話は尽きませんが、これで失礼します。

（四七）

手紙を読んだオンニョンは、骨が溶け、体が消えていくような思いがした。しばらく黙ってから、

87　朝鮮の郵便制度は甲午《こうご》改革中の一八九五年に本格的に始まり、一九〇〇年に万国郵便連合に加入して国際便の配達が始まった。ただし金冠一が妻から初めて手紙を受け取ったのは国際便の配達が始まっていない一八九四年である。日清戦争中には日本の郵便制度が朝鮮半島でも行われていたので、妻は父の崔主事に頼んでそれを利用したのだろう。

「アボジ、わたしを明日にでも家に行かせて下さい。羽があったら今すぐに飛んでいき、オモニの顔を見て恨《ハン》を解いて差し上げたい」

「故国に帰るのをそんなに急ぐことはない。まずは、おまえがした苦労のことを話しておくれ。おまえはどうやって暮らし、どうしてここに来たのだね」

オンニョンは表情をひきしめて座り直した。牡丹峰で銃に当たって野戦病院に行ったこと、井上軍医の家に行き大阪で学校を卒業したこと、不幸ないきさつで大阪を離れたこと、東京行きの汽車に乗り具完書に会って九死に一生を得たことを残らず語った。話し終えると再び表情が変わり、涙を浮かべた。それは両親の情のための涙でもなく、自分の身の上を思っての涙でもなく、具完書の恩を思っての涙であった。

「アボジ、アボジがわたしのような不孝な娘に会ったことを喜んでいらっしゃるなら、具完書さんを訪ねて感謝の言葉を伝えて下さい」

それを聞いた金冠一は直《ただ》ちにオンニョンを連れて具氏の宿所を訪ねた。具完書は金冠一を、オンニョンの父親ではなく自分の父親であるかのように喜んで迎えた。オンニョンの喜びはそのまま自分の喜びだったからである。具完書と会った金冠一は自分の娘を見るのと変わらずにうれしく思い、彼ら二人の心は通じあった。
金冠一が具完書に向かって話したのは、簡単な二つの件だけである。
一つ目は、オンニョンが世話になったことへの感謝、
二つ目は、具氏が故国に帰ってからオンニョンと百年《ペンニョン》佳約《カヤク》[88]をしてほしいということだ。

(四八)

具完書はもともと闊達で、はばかることなく話す人である。オンニョンをじっと見つめて言った。

「これ、おまえ、オンニョンよ。

ああ、失礼。

---

88 夫婦になって一生を共に過ごすこと。

また他家の女性を『おまえ』と呼んでしまった。[89]

我々は口では朝鮮語を話しても、心は西洋の文明に慣れている。我々が結婚するとしても父母の命令に従うのではなく、夫婦になる心があるなら西洋人のように直接話すのが正しいことだ。

だが、まず言葉を英語にしようではないか。朝鮮語で話すと、いつもの癖でぞんざいに話しそうで心配だ」

そう言って具完書は英語で話した。彼の学問の程度はオンニョンよりずっと高いが、英語はオンニョンが先生役を務めるほどである。

だが具完書は下手な英語で話し続け、それに対してオンニョンは朝鮮語で端正に答える。

娘の結婚の話を切り出した金冠一は、具完書が西洋の風習に従って当事者同士で話そうと言ったためにオンニョンの結婚を左右する権利を失い、黙って腰かけている。オンニョンは朝鮮の女子とはいえ、学問もあり開明的な考えもあり、東洋と西洋をまわって見聞も広いので、躊躇することなく結婚の問題に答えた。具完書からは要望があった。それは、オンニョンが具氏と一緒にさらに何年か勉学に努め、十分な学問を得たのちに故国に帰って結婚し、朝鮮の婦人教育を担ってほしいという志ある言葉である。具氏の勧めを聞いたオンニョンもまた朝鮮婦人教育への思いが切実だったので、具氏と結婚の約束をした。

具完書の目的は、勉学に努めて帰国のあかつきには我が国をドイツのような連邦とし、日本と満州も一つに合わせて文明的な強国を作ろうというビスマルクのような考えである。オンニョンは勉学に努め、帰国したあと我が国の婦人に知識を広げて男性に圧迫されずに同等の権利を求めさせ、婦人も国に有益な人民になって社会で名誉ある人間になるよう教育するつもりである。

89 「『おまえ』と呼んでしまった」の直訳は「『해《ヘ》라《ラ》』と言ってしまった」であるが、第三四回、第四〇回（注63、73参照）と同じくわかり易さを考慮して「おまえ」の呼称に統一する。

（四九）

世の中で一番楽しいのは、自分で立てた目標を自分で語ることだ。具完書とオンニョンは幼くして外国に行ったので、朝鮮人がどれほど野蛮で低劣であるかを知らない。具完書もオンニョンも、朝鮮に帰国すれば朝鮮には志のある人が大勢いて、学問と知識のある人間の言葉を聞いて賛成してくれると信じている。そこで具完書の目的は達成され、オンニョンも朝鮮婦人が一斉に自分の教育を受ければみんなが自分と同じ学問ある人間になると思って喜びに堪えない。これは自分の国の状況を知らぬまま外国に留学した若い学生の自分本位な心である。

具完書とオンニョンが目的を達成できるかどうかは後の話であるが、この日の二人の心は結婚の約束の喜びはむしろ二の次であった。オンニョンがこれほど楽しかったのは生まれて初めてである。オンニョンに再会し、具完書を将来の婿に決め、具氏とオンニョンの目的があれほど素晴らしいことを聞いた金冠一の喜びは測り知れないほどだ。

米国ワシントンのホテルでは、オンニョン父娘と具完書が仲良く三人で腰かけて楽しい時間を過ごしているが、世の中は平等には行かないもので、朝鮮の平壌城の北門の中、カニの甲羅のように低い家には[90]、三十前なのに夫がなく、子どももなく、財産もなく暮している夫人がいる。十年の星霜に人より多いものが一つある。それは心配事だ。

その夫人に夫は死んだのかと問えば、死んではいないという。死んだなら断念して考えないこともできようが、六万里も離れているから望夫石[91]になりそうだという。子どもがないのは産めないからなのかと問えば、娘一人を産み、息子と娘を兼ねて金《きん》か玉《ぎょく》のように可愛がったが、七歳になった年に死んだという。

眼前で先立たれたのかと問えば、夫人は黙って涙を流す。目の前で死んだのなら恨《ハン》はない。どこで死んだのか知れないので恨が残るのだと。

90　草葺《くさぶき》の朝鮮家屋の形を表す決まり文句。
91　朝鮮の伝説で、夫を待ちわびた妻が石に化したもの。

（五〇）

娘の着ていた衣服ひと揃いをきれいに畳んで娘が遊んでいた手箱に入れ、箱の上に自分の字で「オンニョンの棺《ひつぎ》」と書いて牡丹峰《モランボン》の山裾に埋めた。そして寒食《ハンシク》[92]や秋夕《チュソク》のような祭日に夫人は墓に行って泣いてくる。

その日はちょうど八月十五日にあたっていたので、夫人はチャンパル・オモニを呼んだ。

「今日は秋夕だったわね。

オンニョンの墓参りに行ってきましょう。

月日は早いものだねえ。オンニョンが死に、旦那様が米国に行かれてから九年になったよ。

米国は遠いとはいえ、生きている旦那様はいつかお目にかかれよう。死んで虚しくなったオンニョンは……」

その先は言葉が続かず、むせび泣きながら黙って座っている。夫人は日清戦争のあと毎日憂いと涙で歳月を送ったので、目もおかしくなったのか、いまでは悲しいことを考えても涙が出てこないで、胸だけが痛い。目にはオンニョンの姿が見えるよう、耳にはオンニョンの声が聞こえるようで、考えると狂いそうになる。

そんなときは食事も手につかず、眠ることもできず、体を動かして歩くのも嫌だ。チャンパル・オモニが初物の栗とナツメと梨を買ってもどり、夫人の前に置きながら言った。

「奥様、果物を買ってきましたよ。オンニョンの墓に行きましょう。

奥様、奥様、奥様、奥様」

そう呼んでいるのに、夫人は聞いているのか、いないのか、仏様のようにじっと座っている。チャンパル・オモニが夫人の顔を見上げ、唇を震わせて言った。

「ああ、奥様がまたこうおなりだ。

92　冬至から百五日目。寒食と秋夕には墓参りをする。

奥様、奥様、死んだオンニョンのことをそんなに考えても仕方ありませんよ。早く、気を取り直しなさいませ。

ああ、閻魔大王も無情なことだ。わたしが閻魔大王なら、オンニョンを生き返らせてこの世にもどしてやり、奥様の天まで届く恨《ハン》の心をお慰めしてあげるのに。奥様はオンニョンのことをあれほど考えていらっしゃるのだもの、オンニョンが生き返ってこの中庭を可愛らしく歩いてくれたら、奥様はどんなに喜ばれるか。ああ、そんなことが起きてくれたら……」

（五一）

そのとき一羽のカラスが屋根に下りて止まり、カァ、カァと鳴く縁起の悪い声が聞こえた。夫人は閉じていた目を開け、チャンパル・オモニに言う。

「あのカラスの声を聞きなさい。また何か良くないことが起きるらしい。カラスには心霊が宿るという。今度は何が起きるのやら。

運命《パルチャ》の良くない女は、長生きして苦しい目ばかり見ずに、今日でも死ねばいいのだ。最近は米国から手紙も来ないが、どうしたのだろう」

生気のない声で虚《うつ》ろなため息をつく様子は誰から見ても元気がない。老いて涙もろくなったチャンパル・オモニは夫人のそんな姿を見て、夫人が死んだら後を追うつもりになった。カラスを打ち殺したい思いで中庭にぴょんと飛び下りると、屋根の上を見あげながらカラスに石を投げる真似をして罵る。

「ほーい！　この極刑に処すべきカラスめ。砲手たちはどこだ！

塩売りー！

おまえの母親ー！」

朝鮮風俗語のカラスへの罵りなら知らない言葉がないチャンパル・オモニが、大声で様々にがなり立てる。飛びたったカラスは空高く浮かぶと、カアカア鳴きながら牡丹峰に向かっていった。夫人の目はカラスについて牡丹峰に向かい、老婆の罵り声もカラスの鳴き声についていく。

郵の字を書いた山高帽をかぶり、黒くて幅の狭いパジ・チョゴリ[93]を着て革袋を提げ、中庭に通ずる門をのぞきこんで「手紙を受け取りなさい」と二、三度声をかけたのは、郵便配達兵である。チャンパル・オモニはカラスに夢中だったので、誰が何を言っているのかもよく聞かずに、陶製の火かき棒が壊れるような声で当たり散らした。

「人の家の中庭を勝手に覗いているのは誰じゃ。
この家は旦那様がいらっしゃらない家だ。どこの若いもんが、両班の屋敷の中庭[94]を
覗いておる」

「おいおい、誰に向かって若いもん呼ばわりしている。逓伝夫《チェジョンブ》[95]を見くびっているのか。

話をしよう。ここに出てこい。

私は手紙を配達にきた以外は何にもしておらん」

(五二)

「ばあや、誰と喧嘩しているの。

配達兵が手紙を持ってきたのなら、旦那様が送った手紙だろう。

早く、受け取っておいで」

「そうそう、配達兵だったよ。

年寄りは目が悪くてねえ……。

早く、手紙を寄こしなさい。奥様にお届けするから」

配達兵は、最初に老婆が声を張り上げたときは年寄りのたわごとと思って相手にしなかったが、相手が過ちに気づいたと察するや、大声で食って掛かった。

「この婆さんめ……。

逓伝夫になってから、こんな目に遭うのは初めてだ。

何で私を罵るんだ。私は忙しい人間だが、返事を聞かずには帰らんぞ」

かっとなり、声を張り上げて詰めよって、手紙をよこせという言葉には応えもしない。

平壌人が喧嘩するときの剣幕はいま死んでもかまわんというほどである。

93　パジはズボン。パジとチョゴリは朝鮮の民族衣装だが、ここでは郵便配達兵の西洋式制服をこのように表現している。
94　中庭は女性の領域で家族以外は入れない。
95　郵便配達兵のこと。

婆さんがカラスに八つ当たりしたときには、配達兵に対する怒りは身悶えするほどで、死んでも収まらないかのようだったが、米国から手紙が来たと聞いてすっかりゆるんでしまった。

怒りが収まっただけでなく、配達兵の悪口まで黙って受けた。夫人は早く手紙を見たい一心で内外《ネーウェー》[96]も忘れて中門[97]まで出てきて老婆を叱り、配達兵に謝ってオンニョンの墓に持っていく予定だった酒と果物をふるまう。

さっきまで人殺しまでしかねない勢いだった配達兵は老婆を「お婆さん」と呼んですっかり打ち解け、その家の下男であるかのように親しくなった。

老婆が手紙を受け取って夫人に差し上げる。夫人はその表書きを見てひどく驚き、考えこんだ。

「奥様、どうなさったのです」

「黙っておいで」

「旦那様の手紙ですか」

「いいえ」

「それでは釜山の主事様からの手紙ですか」

「いや」
「はっきり、おっしゃってくださいな」
「初めて見る字だわ」

（五三）

七歳で両親のもとを離れたオンニョンは、当時はハングルを一字も知らなかった。その後日本に行って尋常小学校を卒業したがハングルは見たこともなく、具完書と一緒に米国に行くとき、太平洋を越えるあいだに彼からハングルを習った。母親がどうしてオンニョンの字体を知っていよう。

手紙の表には、

96　男女が対面することを避ける風習。注62を参照。
97　中庭に通じる門。

韓国平安南道　平壌府　北門内
金冠一夫人　親展

裏には、こうある。

米国　ワシントン……ホテル
オンニョンより

夫人は、漢字は一字も読めず、ただ「オンニョンより」というハングルだけは読めた。だが字には見覚えがない。オンニョンという文字は見れば見るほど不思議だった。

「ばあや、この手紙を持ってきた配達兵はもう行ったのかい。これが本当にうちに来たものか、良く聞いておけばよかったのに」

「そこに書いてあるじゃないですか」

「表には漢字、裏には漢字とハングルがあるけど、漢字は読めないし、ハングルにはオンニョンよりと書いてある。不思議だねえ。

世間にオンニョンという名前があるとしても、わたしに手紙をくれる者はいないはずだが……」

「それじゃ、お嬢様の手紙でしょう」

「夢のような話をして。

死んだオンニョンがどうしてわたしに手紙を書くの……」

そう言ってため息をつき、また切ない表情になる。

「奥様、奥様。そんなこと言ってないで、すぐに手紙を開いてくださいな」

夫人が腹立ちまぎれに手紙を開くと、オンニョンの手紙である。

牡丹峰でのことから、米国のワシントンのホテルでオンニョン父娘が再会し、母親の手紙を読んだことまで、絵に描いたように詳しく書かれていた。

その手紙を出した日は光武六年陰暦七月十五日（一九〇二年八月十八日）で、夫人がその手紙を受け取って読んだ日は壬寅年陰暦八月十五日（一九〇二年九月十六日）であった。

下編はその女学生が故国に帰ったあとの話です。[98] お楽しみに。

（上編終）

98　このように書いているが、実際に翌一九〇七年五月十七日から『帝国新聞』に連載されたのはこのあとにあるオンニョンの母と崔主事がアメリカに行く旅行談である。

#「血の涙」下編

（一）

釜山の絶影島《チョリョンド》の先、空を覆うがごとくに広がる大海原を真っ黒な煙を吐きながら釜山港に向かって矢のように入っていくのは蒸気船である。

五六島《オリュット》と絶影島のあいだの狭いところを通るために速力を半分に落とした船は、煙突からボーと音を出す。天から降りてきたロバが鳴くように勇壮なその一声で、釜山の初秋はとつぜん活気づく。

物資を出し入れする運送会社もその汽笛に耳を傾け、人を歓待する旅館も汽笛に耳を傾ける。蒸気船の錨《いかり》がガタゴトと下ろされ、人と物を運ぶ小舟が蜂の群れのように集まってくる。

釜山で一番か二番の大きな卸問屋である崔主事の家では、若い事務員が大きなサラン[99]の戸を開けて言った。

「主事様。鎮南浦から船が入りました。うちの荷もこの船で着いたはずですから、人を送らなくては」

昼寝をしていた崔主事は汽笛の音に眠りを破られ、起き上がって何か考え事をしていたが、事務員の話をろくに聞かずにうるさそうに言う。

「わしに聞く必要はない。おまえが心得てやれば良いことだ」

事務員は事務室にもどり、崔主事はサランに一人で座っている。

崔主事はこの数年間たいそうな勢いで財産を増やした。だが財産が増えれば増えるほどに崔主事の心は乱れるのだった。財物を集めるときには欲に支配されて血まなこで飛びまわったが、たくさん集めてみれば大して貴重ではないように思われる。

キセルをトントン叩いてくわえ、吸い口を二、三度吹いてから、ムカデの足みたいな形の平壌産の煙草葉を詰め、火を点《つ》けて煙をスパスパ吐きだしながら何か考え事をしていたが、ため息をついて呟《つぶや》いた。

「財物、財物。

99　九九頁の注82を参照。

財物は良いことは良いが、自分が生きているあいだ食べて着て過ごせれば十分だ。
たくさん持っていても役に立たん。
体を酷使し、心を苦しめて財物を集めようと躍起になったのは愚かなことだった。
いや。愚かどころではない。
狂人のやることだ。
草の葉先の露のようなこの身が死んだあと、あの財物がどうなるか誰が知ろう。
寂寞たる北邙山に貯めた金が来て一曲奏《かな》でてくれるのか。
やれやれ、馬鹿げている。
わしも六十歳を越えた。
人生七十古来稀なりというから、七十歳まで生きるとしても、
このさき七、八年しかないではないか。
息子といっても養子。
娘はあのとおりだ。
ああ。わしの運命《パルチャ》も因果なものだ。
オンニョンが生きておれば、娘の心の支えになったのに……

あんな可哀そうなことがあるか。

そうだ。もう、やめよう。

商売はうまく行こうが行くまいが、事務員に任せ、

平壌に行って娘にも会い、米国に行って婿に会ってくるのだ」

（二）

そのとき門の方が騒々しくなった。何かあったらしく、召使の女たちが雀の群れが囀《さえず》るようにおしゃべりしながらサランの庭に入ってくる。だが独り言を呟いている崔主事には聞こえないらしく見ようともしない。

マルの上で履物を脱ぐ音がした。

マルとサランのあいだの戸がパッと開き、

「アボジ、わたしよ」

そう言って入ってくる。崔主事がハッとして見上げると娘だ。

「夢ではないだろうな。何で、おまえがここにいるのだ」

「羽が生えて飛んできたのよ」

娘は、幼い子が甘えるように言う。笑いながら入ってくるその顔は生気にあふれている。

夢で娘に会うことがあっても心配そうな顔しか見たことがない崔主事は、そんな表情を見て自分の顔にも生気があふれるのを感じた。

「おまえが来るとは、実に意外だ。

十里も大儀な女の身で一千五百里の道のりを一人でどうやって来たのだ」

「オンニョンのような幼い女の子が六万里も離れた米国に行ったのよ。これくらい、わたしが来れなくてどうするの。

鎮南浦まで出て蒸気船に乗ってきたのよ。

アボジ。わたし、開化したの[100]。

このまま米国に行ってオンニョンにも会い、オンニョン・アボジにも会い、オンニョンの婿になる人もこの目でしっかり見てくるの。

アボジ。わたしにお金を沢山ちょうだい。

オンニョンが喜びそうなものを買っていくのよ」

オンニョンが生きていることを聞いた崔主事は、娘に会ったうれしさも忘れ、何年ぶりかで会った娘にこれまで元気だったかどうかも聞かないで、オンニョンのことばかりを尋ねる。その日の夕食は興が乗ってご飯は食べずに酒だけ飲み、酔っぱらってくだをまいた。娘を育てたときの態度が良くなかったと後妻にケチをつけ、三十年前のことを持ちだして夫婦喧嘩を始めた。妻は、子もない年寄の身が恨めしい、死にたいと言ってすすり泣き、娘は自分が来なければこんなことにならなかった、自分が来たせいで家に騒ぎを引き起こした、今晩のうちに帰ると言い始め、家族は引き留めるのに大騒ぎだ。

100　文明開化に目覚めること。女一人で外に出たり、娘に会いに外国まで出かけるほど進歩的であることをこのように表現した。

（三）

娘が帰ると言うのを聞いた崔主事は酔ってはいても腹を立て、ろれつの回らない声で妻に八つ当たりをする。

「おまえが産んだ娘ならこんなことにはならん。

せっかく来た娘を、長居もさせずに追いだすとは」

身に覚えのない咎《とが》めを受けた妻は、ますます哀れにすすり泣き、それを恥ずかしいと思う娘は、実家に来たことをますます後悔し、崔主事の酔態はますますひどくなる。

家族は寝るわけにもいかずに母屋の中庭に面したマルに集まっているが、崔主事の酔いを止められる者はいない。

崔主事の息子が、いい加減にしてはどうですかと生意気なことを言ったので、酔っている主事はつい本心を出して、

「おこがましいぞ。おまえが家のことに口出しするとは、何事だ」

とぴしゃりと言った。養子に入った者の常で恨めしく思った息子は、暗い庭に出て一人つくねんと立っていたが、煙草を一服するつもりで事務室に入っていった。[101]

事務室では帳簿の計算をするために事務員二人が向き合い、一人が読み上げて一人が算盤《そろばん》をはじいている。息子がキセルを探して騒がしくしたせいで算盤をしている者が一つ余計にはじき、「あちゃ！」と言って顔を上げた先には若主人がいた。他の者が事務室に入って騒がしくしたらひどく叱られたであろうが、主人の息子であるから叱るどころではない。もう一服差し上げようと二人ともあわてて煙草入れの紐を解《ほど》く。帳簿は見た目には大したこともない数枚の紙に過ぎぬが、そこに書かれた中身はどこに行こうが金持ちの名がついてまわる財物の塊なのだ。

息子は崔主事を恨めしく思った心がすっと収まって注意せねばという気になり、アンパンにもどると笑顔で、

「オモニ、姉さん。まあまあ、そう言わずに」

と、苦労してなだめる。へべれけに酔った崔主事が、

101　年長者の前では煙草が吸えないのでこの機会を利用した。

「ほおっておけ。軽率なやつらだ」

そう言ってよろめきながらサランに行って倒れ、臼《うす》を挽《ひ》くような大きな鼾《いびき》をかき始めた。

翌朝、崔主事が起きてアンパンにやって来た。妻と娘と息子まで呼んで面白そうに話をしたが、妻は昨夜の怒りがまだ解けないらしく黙ってそっぽを向いている。

「アボジ。昨日はどうしてあんなに酒を召し上がったの」

崔主事は昨夜サランで寝たことを思いだし、酔っぱらったことをはっきり思いだしたがシラを切った。

「うむ。飲みすぎたかな。

酔ってくだでもまかなかったか。

生きている間の酒と言うではないか。

酔っぱらったところで、あと数年だ。ハハハ」

この一笑で、家族は和気あいあいとなった。崔主事はその日は酒を一滴も飲まずに息子と事務員に家の中のことをあれこれ指示し、娘を連れて米国に行く準備をした。

（四）

海中から山が聳《そび》え、山の下は海しかない海峡に沿って蒸気船はどんどん進む。目の前に山が見えたと思えばもう後ろである。釜山港を出て、日本の対馬、馬関、神戸、大阪を過ぎて横浜に入った。オンニョン・オモニ（母）はここまで来れば米国の山河も見えるように思われて、一日に何度も甲板に出ては船の進む方向ばかり見ている。

この船の大きくて速いことに驚いていたが、横浜に錨を下ろしていた太平洋を往来する船に乗り換えると、こちらは前の船よりもっと大きくて速かった。

そんな船に乗っても遅いと嘆くのは、オンニョン父娘《おやこ》に会いにいく崔主事父娘だけであろう。

座っていようが、立っていようが、眠っていようが、起きていようが、乗った船は夜昼休むことなく進んでいく。見えていた日本の山河がカメの首が縮むようにしだいに小さくなり、太平洋に入ると山と名がつくような飛び出したものは一つも見えない。

見えるものは海と空ばかりである。

青い空に打ちつけている海は、空を洗って青くなったのだろうか。青い波は空に吹きこんで空色に染まったのだろうか。海の色も、空の色も同じである。

船は進んでいるのか、いないのか、夜昼進んでもその場を動かないように感じられ、大きな船は大海原に浮かぶ菱《ひし》の花のようだった。

崔主事父娘が甲板の上を歩いて景色を見ているとき、娘が甘えるように言った。

「アボジ。アボジは娘のおかげでこんな良い景色を見られるのよ。わたしがいなかったら、アボジがここに来るわけないでしょう」

「ハハハ。親孝行は娘がやることらしいな。わしも娘のおかげでこの旅行をし、おまえもオンニョンのおかげでこの旅行をしているわけだ。おまえの夫が米国にいると聞いて八、九年、米国に行くという言葉は出なかったのに、オンニョンがいると聞いて門の外に出たことのない人間が米国に行くというのだから、親心とは大したものだなあ」

そう言いながら、娘をじっと見つめる。父親の言葉を聞いた娘は涙を浮かべ、目の縁を赤くした。

（五）

娘が涙を流すのを見た崔主事もまた、どういうわけか目に涙を浮かべた。

娘の涙は、父の養子に取った息子とは気が合わずその顔色を窺い、息子からは顔色を窺われていたその身の上を思いだして、流した涙である。

崔主事の涙は、日清戦争のあと夫と別れ、オンニョンの消息を知ることなくチャンパル・オモニとともに憂いと苦労の生活を送った娘が可哀そうで流した涙である。

お互いに涙を隠して慰めあい、ふたたびオンニョンの話を始めると笑い声になった。

「アボジ。どっちから来て、どっちに向かっているのかしら。

海をながめても東西南北さっぱりわからないわ。

こっちを見ても海、あっちを見ても海ばかりで、海のほかには空しかないみたい。

ねえ、アボジ。

わたしたちが日本の横浜を出たあと海があふれて、世の中で人が住むところは全部海に覆われて水の中に入ってしまったんじゃないかしら。最初から見えなかった山はともかく、わたしたちがこの目で見た山まで見えないなんて、あの山はどこに行ってしまったの」

「そうだな。わしにもわからん。頑固に育ち、頑固に年を取った人間が何を知っていよう。釜山小学校の子どもたちが集まると珍しい話をたくさんすると聞いておったが、いま思うともっと詳しく聞いておけばよかった。ほら、何だったかのう。人は西瓜《すいか》のように丸い地球に住んでおって、西瓜のように丸いのだから、こちらからあちらは見えないとか。わしが耳学問で学んだことはそうだったが、どういう意味か、さっぱりわからん。そういうことを尋ねるなら、何も知らない頑固な父ではなく新しい学問を学んだおまえの娘に聞くが良い」

そう言って崔主事はうれしそうな表情を浮かべ、オンニョンという娘を持った崔主事の娘も笑顔で父親の顔を見上げる。

二人は何か見ればオンニョンの話、何か食べればオンニョンの話を始める。この天地に子どもを愛する情がオンニョンの母親にまさる者はいないかのようだ。

（六）

太平洋から米国のワシントンは限りなく遠いが、同じ地球上の空気である。太平洋から吹く風が北アメリカに吹きこんで、ワシントンにある公園で紅葉を見ていた韓国の女学生オンニョンがクシャミをした。

「誰かがわたしの噂をしたみたい。

こんなにクシャミが出るなんて。

ああ、私のことを話す人はオモニしかいないわ」

そう言いながらホテルに帰ってきた。遠い他国で父と娘が離れて暮らすのは寂しいが、金冠一の通う学校とオンニョンが通う学校が違うので、二人は学校から近いホテルに別々に住んでいるのだ。

オンニョンは自分のホテルに着くとすぐに父親のホテルに行った。ホテルの中に入ると郵便配達が金冠一宛の電報を届けていた。その電報を受け取ったボーイが、オンニョンを金冠一の部屋に案内する。

オンニョンは父親に挨拶するのも忘れたように、部屋に入るなり聞いた。

「アボジ。電報はどこから来たの」

金冠一はオンニョンに答える前に、

「うむ。まず見なくては」

そう言って電報を開いてみると、発信所は米国サンフランシスコ郵便局、発信人は崔恒来《チェハンネ》で、電文にはこうあった。

「娘を連れていく。サンフランシスコで下船した。明日の午前、最初の汽車に乗る」

喜びに浮かされるとしっかりした人間も馬鹿なことをしでかす。金冠一は電報を持って、

「何だと、崔恒来、崔恒来?

崔恒来はおまえのおじいさんの名前だが。

オンニョン。ちょっとこの電報を見てくれ」

オンニョンがすぐに受け取って子細に見ると、オモニが来るという電報である。父と娘は電報を何度も回し読みし、オンニョンが喜ぶ様子はまるで死んだと思ったオモニが生き返ったかのようだった。

その日、そのときから、オンニョンはオモニが乗ってくる汽車を一日千秋の思いで待った。待って日を送り、待って夜を送り、寝て夢を見た。

（七）

オンニョンは一人で汽車に乗ってオモニを迎えに出た。

サンフランシスコからワシントンに向かう汽車は母が乗ってくる汽車、ワシントンからサンフランシスコに向かう汽車はオンニョンが乗っていく汽車である。

その鉄道は複線でなかったらしく、単線の鉄道を往来する汽車が時間を間違えたのか、二つの列車が衝突してしまう。

汽車も壊れ、人も無数に傷ついた。その中に朝鮮の服を着た女性の遺体があるのを見てオンニョンが、オモニの遺体だと言って抱きついて泣く。

しくしくと泣いているうちに目が覚めると、なんと夢だった。

電気の明かりは目にまぶしいほどで、時計は十二時を打っている。

オンニョンはオモニのことを考えすぎてそんな夢を見たのだと思い、心を鎮めた。オンニョンの母親がオンニョンを想う心と、オンニョンがオモニを想う心を比べたならどちらが優っているだろうか。人間のそんな事情は神にしか分からないだろう。

そのように想いあっていた二人がワシントンでついに出会ったとき、母と娘が喜ぶ様は、オンニョンが狂ってしまうか、オモニが狂ってしまうか、二人ともに狂ってしまうかと心配になるほどであった。

崔主事父娘はワシントンに三週間泊まって故国に帰った。出発の前日は日曜日で、崔主事と金冠一と具完書とオンニョン母娘の五人が集まったが、この日は特に他の話はしないでオンニョンの結婚について話しあった。

朝鮮の風習が骨まで染みこんでいる崔主事父娘《おやこ》は、自分の事情ばかりを主張した。オンニョンと具完書を朝鮮に連れていき、結婚をさせてからすぐに米国に送りかえすというのである。

金冠一はにこやかに笑いながら時々ちらりと具完書の方を見、オンニョンは黙ったまま祖父の前に座り、壜から酒を注いでいる。具完書は崔主事父娘の話が終わるのを待っているのだが、この二人は反対する者などいないかのようにオンニョンと具完書を連れていくつもりで話をしている。

（八）

具完書はオンニョンの顔をじっと見てから、オンニョンの母に向かって自分の考えを説明した。

「オンニョンのように学問の資質がある娘さんを持ちながら、私のように凡庸な者を婿にしようとして下さることは感謝に堪えません。その感謝を考えれば今日にでもおっしゃる通りにすべきでありますが、まだ幼い書生の身で結婚することはできません」

そう言うと、またオンニョンの方を見て、

「オンニョンよ。
いま我々は友だちだが、
帰国すれば夫婦になるだろう。
我々は結婚しようと自由な約束をした。
約束するのも自由、
約束を破るのも自由、
いつ礼式を整えるか約束することも自由でなくてはならない。
私の両親は健在で、
あなたの両親も健在だ。
両親が未成年の子どもに命じることは、勉強せよ、国のために働けということで、
それが父母たる者の道理であり、職分なのだ。
いま我々が故国に帰れば、
少なからず勉強の邪魔になるだろうし、
血気盛んな未成年者が早く結婚することほど体に害になることはない。
だが、我々一身の利害を考えることはむしろ二の次だ。

オンニョンよ。
我々が勉強するのは国のためであり、
事業をするのも国のため、
生きるのも国のため、
死ぬのも国のために死ぬのが正しいのだ。
オンニョンよ。
君の考えはどうだ。
早く家に帰り、嫁入りして所帯を持って楽しく暮すのが願いなのか。
もし君の願いがそうであるなら、
我々の以前の約束がいくら大切でも、
私にはそれよりもっと重要な、
国家のためという考えがあるから、
君はさっさと帰国して善良な夫を求め、
一日も早く嫁に行って両親の願いどおりにしたまえ」

（九）

その言葉を聞いてオンニョンの母親は目をみはった。

（まあ、とんでもない。わたしの言葉尻を捉えてオンニョンにあんなことを言うなんて。

あれはわたしが言ったのよ。オンニョンが何を言ったというの。

わたしは、いまは具完書を婿だと思っているわ。

あ、婿だと言いながらつい名前を呼んでしまった。

いいわ、その方が気兼ねがなくて）

「具完書さん。オンニョンに両親の願いどおりにしろと言ったけれど、わたしたちの願いは一日も早く具完書さんを婿にしたいということだけです。

いま結婚すれば勉強の邪魔になるというのなら、あとにすれば良いでしょう」

具完書が結婚の約束を破るかと心配したオンニョンの母親は、しどろもどろになってこう言った。

頑固な老人である崔主事は具完書の言葉を聞いて無作法なやつと思い、生意気にも感じた。崔主事の考えではオンニョンのような孫ならどこに行っても具完書くらいの婿は見つかるとしか思われない。生涯を裕福で意のままに暮らしてきた人間である崔主事は、できることなら孫をすぐにも連れかえり、最高の婿を選んできちんと結婚をさせてやりたかった。しかしオンニョンは娘の子であって自分の子ではない。外孫《そとまご》の結婚は自分の意のままにできないという考えがあり、娘と婿の様子を窺いながら咳払いだけをしていた。

金冠一はもとから具完書の気概を知っている。黙って腰かけたまま、妻にオンニョンの結婚には口を挟まずにおこうと簡単な言葉で伝えて、娘の顔をちらっと見た。オンニョンは髪に花を挿して眉は蝶を描いたように美しかったが、目を伏せていて何を考えているのかは両親にもわからなかった。

具完書とオンニョンは勉強を終えるまでは何年でも故国に帰らぬことに決まった。結婚式は以前に決めたとおり帰国のあとに挙げることをオンニョンの母も承諾し、その翌日、釜山に発った。

（一〇）

人が雲霞のごとく集まる停車場で、午後の汽車の時間を待ちながらサンフランシスコ行の切符を買っているのは崔主事父娘《おやこ》。入場券を買って持ち、崔主事父娘に向かってあちらです、こちらです、時間になりました、汽車が出ますよと教えているのは見送りにきた金冠一父娘。停車場にちょっと顔を出してから学校の同窓会があると言って汽車の出るのを見ずに先に帰るのは具完書。鉄道会社の服装をしてあちこち回りながら汽車を見ているのは車掌である。

時計を取りだし、手をさっと上げて呼子を吹くとその一声で汽車がガタンと動く。

汽車の中で涙ぐみ、

「オンニョンや、アボジと一緒に元気でいるんだよ」

と言うのはオンニョンの母親。

汽車の外で涙にむせびながら、

「オモニ、ハラボジ[102]と一緒にどうかご無事で」

と涙を拭うのはオンニョン。

帽子を脱いで持ち、汽車の中にいる崔主事を見つめて手を高く上げ、

「万里故国に無事なご帰還を祈ります。

大韓帝国、万歳！」

と叫ぶのは金冠一。

ニッコリ笑って顎《あご》でうなずきながら金冠一父娘を見つめるのは崔主事である。

煙を噴きだす音がしだいに速くなり、汽車はドンドンと逃げていく。汽車はだんだん遠ざかり、煙だけが残って空中にたちこめる。涙をためたオンニョンの目は汽車の煙だけをながめている。

「オンニョンや、泣いていないで帰ろう。

いつまでもいると鉄道会社の人に叱られて追い出されるぞ。

あと何年かすれば私もおまえも帰国するのだから、そんなに寂しがることはない。

102　祖父。おじいさん。

おまえが日本と米国を流離漂泊し、両親の生死も知らずにいたころを思いだしなさい。

いまは両親とこうして会ったのだからいいではないか。オンニョンや、一緒に公園に行って風に当たっていこう」

そう言いながらオンニョンを連れて公園に入ると、遠くに夕陽が見えたが、サンフランシスコは見えなかった。

（一一）

オンニョンがオモニと別れて寂しがる様子は尋常でなかったので、父親は何度も同じ言葉を繰り返して慰め、一緒にホテルにもどった。

オンニョンはいくさの中で両親を見失い、他国を流浪しているときには両親は死んだと思っていた。

日本の大阪の井上軍医の家にいるときは、学校に行けば勉強だけに集中し、家に帰れば井上夫人になついて失敗しないように心を砕き、友だちを相手にしているときは面白く遊んだので、両親のことも何とか忘れていた。米国に来て四、五年で思いがけなく父親と再会してオモニが生存していることを知り、一日も早くオモニの顔を見たかったが、一方で考えてみればオモニが生きていることだけでもうれしくて顔は喜びで輝いた。そんなオンニョンがオモニに会って別れたのだから顔が憂いに閉ざされるのも当然である。

耳にはオモニの声が聞こえ、目にはオモニの姿が見えるようだ。平壌城のいくさのあと苦労した話をオモニがしてくれたことと、ワシントン停車場からオモニが出発した姿はオンニョンの心に写真のように焼きついている。オンニョンは取りとめもなく呟いた。

「オモニはどこまで行ったかしら。アボジもわたしもここにいるのに、オモニは一人で故国に帰るのね。わたしの体が二つだったら、一つはアボジと一緒、もう一つはオモニと一緒にいたい。オモニは平壌城の中で十年も悲しみの中で過ごし、また一人で平壌に行くのだわ。わたしのことを思って病気にならないかしら」

オンニョンがオモニのことをそれほど考えているのだから、オモニの心はどんなであろうか。夫とも別れ、娘とも別れたのだから、二重の離別である。その悲しみはいかほどかと思われるが、意外にもオンニョンの母親の心はむしろ喜びに包まれていたのだった。

（下編終）

解説

波田野 節子

新小説

韓国の文学史には、古典文学と近代小説のあいだに「新小説」というジャンルが狭まっている。韓国の大学の入学試験に臨む受験生なら、李人稙《イインジク》の新小説『血の涙』と最初の近代小説である李光洙《イグァンス》の『無情』のタイトルくらいは覚えておくのが普通である。一九〇六年『血の涙』、一九一七年『無情』と年まで覚える受験生もいる。だが実際に読む人がほとんどいないのは、日本の受験生が坪内逍遙や二葉亭四迷を読まないのと同じである。

それでは新小説とは何か。植民地時代の文学者、金台俊《キムテジュン》[1]は、新小説はヨーロッパや日本の小説の模倣から出発していまだ完成の域に達していないものだと定義した。要するに、古典文学から近代文学に移行するさいに現れた過渡的な文学ということである。

同じく植民地時代の評論家である林和《イムファ》[2]も新小説を「過渡期の小説」と呼び、次のように李人稙を高く評価した。

李人稙はたんに最も優秀な新小説作家というだけでなく、じつに新小説という様式を創造した人間である。李人稙の手によって初めて新小説というものが朝鮮文学上に登場したのだ。彼の小説の影響を受けて、他の者も新小説というものを書くようになり、読者もやはり彼をとおして新小説というものを知ることになった（林奎燦・韓辰日編『林和　新文学史』、ハンギル社、一九九三年。引用部分は林和が一九三九年に『朝鮮日報』に発表した『概説新文学史』が初出）。

林和は、李人稙は「現代小説の建設者である李光洙」と系譜的につながる存在だと述べ、金台俊の論を引き継いで、李人稙の作品の特徴を「文章の言文一致」「素材と題材の新時代性」「人物と事件の事実性」の三つにまとめている。この三つはそのまま「新小説」の特徴である。

筆者が初めて『血の涙』を読んだのは一九九〇年代のことだ。当時の筆者はまだ原典を読む力がなかったので現代韓国語訳を読んだ。日清戦争中の日本兵士が登場し、日本の大阪が舞台になっていることにも驚いたが、印象的だったのは言葉が通じない場面を丁寧に描いていることだった。言葉が通じないことによほど苦労した経験があるのだろうと思ったのを覚えている。一九〇六年にこんな小説を書いた李人稙とはどんな人なのか知りたいと思ったが、当時は日本に留学経験がある作家ということくらいしかわからなかった。

それから研究が進み、現在は様々なことが明らかになってきている。ここではそうした研究成果を参考にしながら、李人稙がどんな時代を生き、どんな生涯を送ったのかを紹介する。彼が生きたのは日本の存在を抜きにしては語ることができない時代

1　一九〇五〜一九四九。京城帝国大学朝鮮語学科を卒業して同学科の講師となる。一九四四年に中国延安へ脱出。解放後は南朝鮮労働党文化部長となったが、李承晩政権によって処刑された。邦訳に安宇植訳注『朝鮮小説史』（平凡社東洋文庫、一九七五年）がある。

2　一九〇八〜一九五三。朝鮮のプロレタリア詩人、文芸評論家。東京に留学し帰国後に朝鮮プロレタリア芸術家同盟書記長。解放後に北に渡り粛清された。中野重治の「雨の降る品川駅」に答えた詩「雨傘さす横浜の埠頭」が有名である。

だった。それは日清戦争と日露戦争を通じて大陸に進出していった日本が、ついに韓国を植民地にした時代である。韓国が日本の統治を受けるようになった六年後に李人稙は亡くなっている。

まず「一．李人稙の時代」で、李人稙が二歳（年齢は満ではなく数えを用いる）のときに即位した高宗《コジョン》という国王から筆を起こして、韓国が日本の植民地になるまでを概観する。次に「二．李人稙の生涯」で、彼の生涯を先に見た時代に即して述べる。そして最後に「三．『血の涙』から読み取れるもの」で作品を詳しく見ることにしたい。

一．李人稙の時代

高宗と大院君《デウォングン》

李人稙が二歳のときに、李氏朝鮮の第二五代国王である哲宗《チョルジョン》（一八三一～六四）が亡くなった。哲宗には後継ぎがなく、傍系の王族である李昰応《イハウン》が幼い息子を即位させることに成功する。こうして高宗（一八五二～一九一九）という第二六代国王が誕生したのである。

一二歳で即位した高宗は四五年間、王位にとどまった。最後の一〇年間は大韓帝国の皇帝としてである。一九〇七年に日本の干渉により無理やり譲位させられるが、その三年後に大韓帝国は日本に併合されるので、実質的に高宗は朝鮮王朝最後の国王と言ってよい。そしてこれから見ていくように、高宗は李人稙にとって因縁の深い国王となる。

息子を国王にした李昰応は、大院君になった。大院君とは王位が父から子への継承でないときに国王の実父に与えられる称号のことである。政権を掌握した大院君は、王権を伸長させるために様々な政策を実施した。なかでも有名なのは現在も観光スポットになっている王宮、景福宮《キョンボックン》の再建工事である。豊臣秀吉の朝鮮出兵のときに焼失したままになっていたこの王宮を復旧させるために、大院君は様々な税を設けて人民の恨みを買った。

また大院君は思想を統制するため、朝鮮の民間宗教である東学と西洋の天主教（カトリック）を弾圧した。東学の創始者である崔済愚《チェジェウ》や、フランス人神父ほか多くの天主教信徒たちを処刑したのである。崔済愚の処刑はのちに日清戦争のきっかけとなる。

このころ東アジアには西洋の黒船（朝鮮では「異様船」と呼んだ）が出没し、日本と朝鮮は西洋の国々から通商を迫られるようになっていた。日本はペリー艦隊の大砲に驚いて一八五三年に開国したが、朝鮮は大院君の攘夷政策の下であくまで西洋を排撃した。

一八六六年、ゼネラル・シャーマン号というアメリカ商船が大同江《テドンガン》をさかのぼり平壌に来航して通商を要求し、現地の軍民によって焼き払われるという事件が起きた。同じ年にフランス軍艦が現れ、漢江《ハンガン》をさかのぼってソウルの近くまで来ている。軍艦は江華島《カンファド》を占領し、フランス人神父の処刑を問いただして開国を求めたが、撃破されて撤退した。

一八七一年にはアメリカの軍艦が来てシャーマン号事件を口実に開国を迫ったが交渉を拒否され撤退している。このとき大院君は「洋夷侵犯するに戦いを非とするは則ち和なり。和を主とするは売国なり」と刻んだ「斥和碑《せきわひ》」を全国各地に建てて攘夷の決意を示した。

皮肉なことに大院君を権力の座から引きずりおろしたのは、成人した自分の息子、高宗だった。一八七三年、二二歳になった高宗は王妃の閔妃《ミンビ》とその兄に支えられて父の大院君を退陣に追いこんだのである。そのあとは王妃の外戚である閔氏一門が政権をほしいままにした。

朝鮮の開国（一八七六年）

朝鮮より一足早く開国した日本は一八六八年に明治維新を行い、近代国家をめざして西洋化と富国強兵に励んだ。江戸時代に善隣友好を続けていた朝鮮に対し、日本は王政復古したことを告げる書簡を送ったが、そこに「皇」や「勅」などの文字が使われていたため朝鮮は受け取ることを拒んだ。清を宗主国とする朝鮮では、これらの文字は清の皇帝しか用いないものだったからだ。そもそも攘夷政策を続けている大院君から見れば日本の西洋化政策は言語道断である。日朝外交はギクシャクして膠着状態が続き、一八七三年に大院君が退陣すると、日朝の外交課題は閔氏政権に持ちこされた。

その二年後に江華島事件が起きる。日本軍艦の雲揚号《うんようごう》のボートが江華島と朝鮮本土のあいだの狭い水路に侵入して砲撃され、反撃して近くの永宗島《ヨンジョンド》を占領した事件である。翌一八七六年、日本は武力を背景にして江華島で朝鮮と交渉し、開国条約に調印させる。朝鮮の宗主国である清を意識して、条文にはわざわざ「朝鮮国は自主の邦にして、日本国と平等の権を有す」と書かれてあったが、実際のそれは日本が西洋から押しつけられた不平等条約よりもさらに不平等きわまるものだった。

開化派《ケファパ》

日本と開国条約を結んだ閔氏政権は日本に派遣団を送り、世界の情勢を見ながら開化政策へと転換した。そして一八八二年にアメリカ・イギリス・ドイツとのあいだに修好通商条約を結ぶ。条約交渉のさいには清が立ち会い、条約締結のときには朝鮮が清の属国であることを声明するなど、清は宗主国の権限にこだわった。

閔氏政権が開化政策を取るなかで、欧米の技術や制度を取りいれて政治改革をはかろうと主張する開化派のグループが勢力を伸ばす。中心になったのは名門両班《ヤンバン》（貴族階級）の子弟である金玉均《キムオッキュン》、朴泳孝《パクヨンヒョ》、金弘集《キムホンジプ》、洪英植《ホンヨンシク》などである。李人植はやがてこの開化派に属することになる。

一八八一年に日本に派遣された視察団に随行した三人の若者、尹致昊《ユンチホ》、兪吉濬《ユギルジュン》、柳定秀《ユジョンス》がそのまま日本にとどまって最初の日本留学生になるが、このとき留学の受け皿になった福沢諭吉と開化派とのあいだには前もって連絡がついていた。金玉均たち開化派は近代化に成功している日本に注目して李東仁《イドンイン》という僧を日本に送りだした。当時の釜山《プサン》・東本願寺別院の世話で密航した李東仁は、東京の東本願寺に滞在しながら福沢を訪問して彼を開化派に結びつけた。三人の若者の日本留学はこの延長線上で行われたのである。

このあと福沢の慶應義塾は開化派が送りだす留学生の受け入れ先となり、開化派は朝鮮の近代化を担う人材を養成するために一〇〇名近い官費留学生を送りだした。

甲申《こうしん》政変（一八八四年）

やがて開化派の勢力は二つに分裂する。清から独立し日本をモデルとして近代化をめざそうという急進開化派と、清と共存しながら近代化をめざそうという穏健開化派である。急進開化派は金玉均、朴泳孝、洪英植が中心となり、穏健開化派は金弘集が中心だった。穏健開化派は閔氏政権と協力したので、急進開化派は劣勢に追いこまれた。危機感をいだいた急進開化派は、日本公使の竹添進一郎《たけぞえしんいちろう》の助けを得てクーデターを計画する。

そのころ漢城《ハンソン》（現ソウル）に駐留する清の軍隊はベトナムをめぐるフランスとの戦

争のために半数になっていた。これに乗じて一八八四年一〇月に郵政局開庁の宴会をねらって急進開化派はクーデターを起こした。干支が甲申の年に起きたので、このクーデターは甲申政変と呼ばれる。

金玉均はすぐに高宗を擁し、清への朝貢廃止をはじめ、人民平等の権利の制定、税制改革など、近代的な政治綱領を次々に発表した。ところが閔氏側の要請により清が出兵すると竹添公使は日本軍を撤退させて逃げだし、金玉均政権は三日で終わる。金玉均と朴泳孝は日本に亡命し、洪英植は処刑された。日本に留学した多くの人材がこのときクーデターに参加して殺されたり行方不明になり、留学は中断する。

事後処理のために日本と清は天津条約を結んだ。日清両軍は漢城から撤退すること、将来出兵する場合には相互に通知すること、事態が解決すれば即時撤退することなどを申し合わせた。この条件が日清戦争のときに問題になる。

閔氏政権の腐敗

閔氏政権が長期化するなか、賄賂や官職の売買が横行し、地方官が住民から過重な税金の取り立てを行うなど、政治の腐敗が進んだ。苛斂誅求《かれんちゅうきゅう》に苦しんだ人民は毎年のように民乱を起こした。

『血の涙』のなかには、平壌城のいくさのあと、誰もいない家にもどった金冠一が「平安道《ピョンアンド》の人民には閻魔大王が二人いる。一人は冥途におり、一人は平壌の宣化堂に座っている監司《カムサ》だ」と考えるシーンがある。寿命が尽きた人を捕まえていく冥途の閻魔大王と違い、平壌の宣化堂の監司は財物のある人を捕まえ、言うことを聞かなければ一族皆殺しである。金冠一のこの言葉は、閔氏政権の下で腐敗した政治の状況を表わしている。地方長官である監司が財産を略奪するために富裕層を無実の罪で牢獄に入れるという事件がしばしば起きていたのだ。『血の涙』の二年後に書かれた『銀世界』という作品のなかで李人稙は、財産を狙う監司の拷問によって父が亡くなり、母は狂人となる一家の悲劇を描いている。

日清戦争（一八九四年）

日清戦争の発端になったのは、かつて大院君が処刑した東学の創始者、崔済愚である。教団の合法化を求める東学教徒たちは、崔済愚の罪名を取り消すよう政府に要求して何度も大規模な集会を開いていた。そのとき東学の地方幹部である全琫準《チョンボンジュン》が全《チョル》

閔氏政権発足（1873年）から甲午農民戦争（1894年）までの関係図

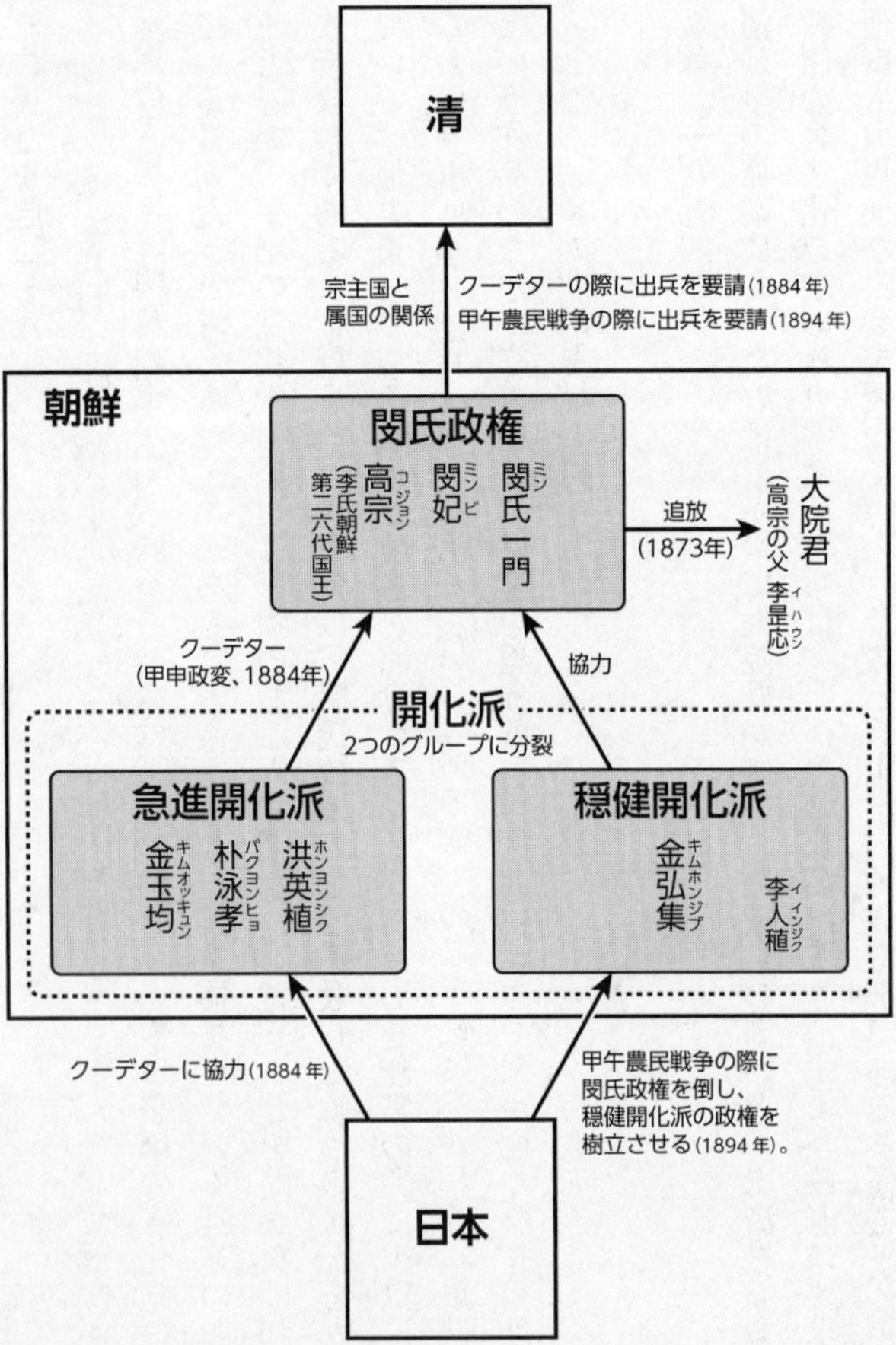

羅道《ラド》で起こした民乱が急速に拡大する。一八九四年、すなわち干支が甲午《こうご》の年に起きたので、この農民の戦いは甲午農民戦争と呼ばれる。

閔氏政権は民乱の収拾に失敗し、『血の涙』にも名前が出てくる閔泳駿《ミンヨンジュン》の提議により清軍の出兵を求めた。それを知った日本もすぐに出兵する。日清両軍の出兵を知った農民軍は政府軍と和約を結んで撤退したので、両軍の出兵は大義名分を失った。ところが日本は朝鮮の内政改革をすると称して王宮を占拠し、大院君を担ぎだして閔氏政権を倒してしまう。そのあとは日本軍の保護下で金弘集の穏健開化派の政権が樹立された。

日本と清が正式に宣戦布告をしたのは八月一日である。日本軍は、九月一五日に『血の涙』のオンニョン一家の離散の舞台となった平壌の会戦で勝利し、一〇月には鴨緑江《アムノッカン》を越えて清国領に入る。そして翌一八九五年四月、下関で講和条約が締結されて日清戦争は終わった。清は朝鮮に対する宗主国の関係を廃止することを承認し、日本は朝鮮を清から切り離すことに成功する。

日本は清から賠償金のほかに遼東半島、台湾、澎湖諸島を得たが、遼東半島の割譲に反発したロシアはフランス、ドイツを誘って三国干渉を行い、遼東半島を返還させる。以後日本は臥薪嘗胆《がしんしょうたん》し、九年後に起きる日露戦争はこのときに予告されたのである。

一方、日清戦争の発端になった全羅道の東学農民軍は、秋の収穫期を終えた一〇月に日本の駆逐と開化派政権打倒をめざして再蜂起した。戦いは一時的に広がりを見せたものの日本と朝鮮政府の連合軍に撃破され、翌年初めには鎮圧される。全琫準は逮捕されて処刑された。

甲午改革（一八九四年〜一八九六年）

日本軍の保護下で樹立された金弘集の開化派政権は、精力的に内政改革を行った。この改革は一八九四年、甲午農民戦争と同じ甲午の年に始まったので甲午改革と呼ばれる。改革の内容は甲申政変の急進開化派の方針を継承した「上からの近代化的改革」と言えるものである。財政・税制度、司法制度、地方制度の改革から、両班・中《チュン》人《イン》のあいだの身分差別撤廃、賤民の解放、寡婦の再婚の自由、早婚の禁止にまでいたる広範囲なもので、科挙もこのとき廃止された。

また開化派政権は甲申政変で途絶えた留学生の派遣を再開した。一八九五年四月には選抜試験に合格した一一三名の若者たちが留学生として日本に出発する。彼らのなかには開化派の子弟が多く、総派遣者数は二〇〇名を超えた。朝鮮政府と慶應義塾のあいだに委託契約が結ばれ、留学生たちは日本語と基礎知識を一年間学んでから同校の上級に進むか、他の学校に進学することになっていた。だが彼らはこのあと激変する政治情勢に翻弄されることになる。

閔妃暗殺（一八九五年）

三国干渉のあと、閔妃はロシアに近づいて日本の勢力を抑えようと画策したので、宮廷には親露派の勢力が形成された。このとき赴任してきた日本公使の三浦梧楼《みうらごろう》は閔妃の殺害を企て、一八九五年一〇月七日に実行に移す。

王妃の殺害は人々のあいだに日本への反感と政権への批判を巻き起こし、ちょうどそのとき出された髷を切れという断髪令も相まって人々は憤激した。妻を殺されて軟禁状態におかれていた高宗は、翌年二月に親露派の手引きによりロシア公使館に脱出し（露館《ろかん》播遷《はせん》）、金弘集政権は崩壊する。このときに親露派として活躍し外部大臣になったのが、のちに韓国併合に調印することになる李完用《イワニョン》である。高宗はただちに妻の殺害に関係した人々の逮捕と処刑を命じ、金弘集は激高した民衆の手により殺害された。このとき三〇名以上の開化派の人々が日本に亡命したとみられている。後述するが、李人稙もその一人であった。

大韓帝国（一八九七年〜一九一〇年）

宗主国だった清から解放された朝鮮では、一八九七年に高宗が皇帝に即位して光武帝を名乗り、国号を大韓と改めた。こうして朝鮮は大韓帝国になったのである。一方、開化派官僚を中心にする知識人たち は、徐載弼《ソジェピル》[3]が出した初めてのハングル新聞『独立新聞』を機関紙として、独立と国政改革を主張する独立協会を結成する。独立協会が作った独立門《トンニンムン》は現在も健在である。「独立」は、最初は清に対する独立を意味したが、高宗がロシアに依存する姿勢が大きくなるにしたがってロシアへの抗議に代わり、それとともに独立協会と高宗との関係も変質していった。

一八九八年九月、高宗の皇太子が毒入りのコーヒーを飲んで障害を負うという事件が起きた。主謀者に対して甲午改革で廃止した拷問刑や縁座制（血縁者への処罰）が下されたので、反発した独立協会は抗議活動を起こして大臣を罷免させる。

独立協会は市民とともに議会開設を要求した。保守層の反撃を受けて会員が逮捕されると会員たちは万民共同会を結成して抗議し、高宗はいったんは釈放に応じたが一二月には軍隊を使ってデモを鎮圧した。結局のところ高宗が望んでいたのは議会ではなく専制政治だったのである。

留学生

ここで開化派によって送りだされた留学生について見ておく。彼らは目まぐるしく変わる本国の政治情勢により翻弄された。留学生が日本で開化派の亡命者と結びつくことを恐れた韓国政府は彼らを呼び返そうとしたため、学費給付には冷淡だった。給付は途切れがちになっていきついに一八九七年末に打ち切られてしまう。二年後に給付は再開されたが、すでに慶應義塾との縁は切れていた。

政府は留学生をほとんど敵視した。この時期の留学生のなかにはのちに新小説を書

3 一八六四〜一九五一。甲申政変で日本に亡命し、アメリカに渡って市民権を取得。医師の資格を取った。

いた者が二人いる。『禽獣会議録』（一九〇八年）と短編集『共進会』（一九一五年）を出版した安国善《アングクソン》と、『皇城新聞』に『夢潮』（一九〇八年）を発表した石鎮衡《ソクチニョン》である。慶應義塾で学んだあと早稲田大学の前身である東京専門学校を卒業して帰国した安国善は、留学仲間の謀反の嫌疑に巻きこまれて未決のまま四年も監獄に閉じこめられた。日露戦争が始まると裁判長は日本の干渉を恐れて裁判を急ぎ、友人は処刑され、安国善は島流しになる。

法政大学の前身である和仏法律学校を卒業した石鎮衡が『夢潮』で描いたのは、日本留学した友人が何年間も獄に繋がれたあげく処刑されるという陰惨な話である。おそらく石鎮衡の身近にそのような友人がいたのだろう。

こうした状況が終わるのは朝鮮半島で日本の勢力が強まるころである。しかし、それは朝鮮の植民地化が近づいたことを意味していた。

韓国の保護国化（一九〇五年）と韓国併合（一九一〇年）

一九〇四年二月、日本とロシアはついに衝突し、日露戦争が始まる。韓国政府はそれに先立って局外中立を宣言していたが、日本はそれを無視して漢城を占領し、「日韓議定書」への調印を強要して日本に協力させる。つづいて八月には第一次日韓協約への調印を強要して韓国政府への支配を強めた。

一九〇五年一一月には特派大使の伊藤博文が直接王宮に乗りこみ、第二次日韓協約への調印を迫った。その結果、韓国は外交権を失って日本の保護国になる。韓国を支配するために統監府が設置され、初代統監には伊藤が就任した。

韓国の保護国化について日本はあらかじめイギリスとアメリカ、そして日露戦争で破ったロシアの了解を取り付けていた。だが高宗は一九〇七年にオランダのハーグで開かれた第二回万国平和会議に密使を送って世界の国々に日本の横暴を訴えようとした。この事件をきっかけに伊藤統監と当時の李完用内閣は高宗に譲位を迫り、息子の純宗《スンジョン》を即位させた。彼はかつて毒入りコーヒー事件で障害を負った皇太子である。

つづいて伊藤統監と李完用首相が第三次日韓協約に調印し、植民地支配の準備は着々と整えられていく。一九一〇年八月二二日、新統監の寺内正毅《まさたけ》と李完用首相が「韓国併合に関する条約」に調印し、一週間後の八月二九日に公布・施行された。この日は韓国で「国恥の日」とされている。

二．李人稙の生涯

出生

李人稙は一八六二年八月二二日（陰暦七月二七日）に京畿道《キョンギド》にある巨門里（現在の利川市《イーチョン》）で生まれた。次男だった彼は九歳のとき伯父の家を継ぐために養子になっている。彼の家門にはある特筆すべき特徴があった。曽祖父が本妻から生まれた子でない、いわゆる「庶子」であったために科挙を受けることができなかったのである。当時にあって両班が科挙を受験できないことは、世に出る道が閉ざされていることを意味した。

開国

朝鮮が開国した一八七六年に李人稙は一五歳である。この年齢ともなれば開国が何を意味するかは知っていたことだろう。彼は実父を五歳のときに失い、一一歳のときに養母を、そして一八歳のときに実母を失っている。次々と肉親を失い、科挙を受けることもできない家門の李人稙は、多感で内向的な青年だったのではないだろうか。

当時男子は一〇歳を迎えたころから親が相手を探すという早婚が一般的だったから、実母が死んだころには結婚もしていたはずだ。彼の妻については鄭《チョン》という姓が伝わるのみである。

彼の生まれた現在の利川市にあたる場所は、ソウルの南東にあって距離はさほど遠くない。このころ漢城《ハンソン》と呼ばれていたソウルに李人稙が初めて行ったのはいつのことだろう。両班の子弟がそうであるように学問を修めるために行ったのではないか。

甲申政変が起きたときの彼は二三歳だった。甲申政変がめざした近代的改革に彼はきっと共感したに違いない。これまでとは違う時代が来るという予感を抱いたことだろう。しかしクーデターによる金玉均政権は三日で終わり、その後は閔氏政権の時代が長く続いた。

閔妃暗殺

日清戦争が起きた一八九四年、李人稙は三三歳になっていた。どのような経路をたどったかは不明だが、彼はすでに開化派に属している。日清戦争が終わった年の一〇月に閔妃が暗殺され、翌年二月にロシア公使館に逃れた高宗が妻の復讐をしようとしたとき、三〇名以上の開化派の人々が日本に亡命した。そのなかに李人稙がいたことを、我々はある日本人官僚が書いた回想記によって知ることができる。

初代の統監になった伊藤博文に随伴して京城（日本によって改称されたソウルのこと）に赴任した小松緑《こまつみどり》という官僚がいる。小松はその後一一年にわたって統監府と総督府で併合に関する事務に携わり、一九二〇（大正九）年に『朝鮮併合之裏面』（中外新論社）という回想記を出版した。そのなかに李人稙の名前が出てくるのである。それによると併合が行われる直前の一九一〇年八月四日の夜遅く、李人稙が併合に関する密談をするために小松の官舎を訪ねたという。小松は李人稙について次のように書いている。

この李人稙という男は、趙重応とともに東京に亡命した人であった。その性質はきわめて朴直であったが、学才のあるところから、帰韓ののちは叙述をしたり、新聞の主宰をしたりしていた。そうして、趙重応とは無二の親友であったが、同時に、李完用の信任を受けていた。この時分は、その秘書役を務めていた。（旧字は新字に改め読みやすくした）

李完用はこのとき内閣総理大臣で、趙重応《チョジュンウン》は農商工部大臣である。趙重応は閔妃事件が起きたときに法部刑事局長をしており、高宗がロシア公使館に逃れたときに亡命した。したがって「趙重応とともに東京に亡命した人」という小松の言葉は、李人稙もそのとき一緒に亡命した開化派であったことを意味する。

李人稙と知り合ったいきさつについて小松は、松本君平《くんぺい》[4]が神田で政治学校を創立したときに「列国政治制度」の講義をしたことがあり、李人稙と趙重応がそのころ「科外生となってその講義録を講習していたという関係から」、朝鮮に赴任したあと二人が小松を「旧師」と呼んで付き合うようになったと書いている。どうやら彼らは東京で対面したわけではなく、京城で交際を始めたらしい。李人稙は時折、小松の家を訪れ、好んで学問上の話をしたという。

神田の政治学校とは、松本君平が一八九八年一〇月にジャーナリストを養成するた

4　一八七〇～一九四四。明治―昭和時代前期のジャーナリスト、政治家。アメリカ留学後、『東京新聞』の主筆となり、一八九八年に東京政治学校を設立。一九〇四年、衆議院議員に当選し立憲政友会へ所属。

めに創立した東京政治学校のことである。当時はどの学校でも講義録を別売しており、李人稙と趙重応が「列国政治制度」の講義録を読んだことから小松は二人のことを「科外生」と表現したのだろう。亡命からすでに二年半が過ぎており、この二人が新しい知識の習得に貪欲だったことが窺われる。後述するが、李人稙は留学生として官費を受けるようになったあと、この東京政治学校に正式に入学している。

この夜、李人稙が小松を訪ねたのは、李完用と趙重応の意を受けて合併後の大韓帝国皇帝の処遇を聞きだすためだった。併合後に皇帝は日本の皇族に相当する待遇を受け、それまでと同じ額の歳費を受けるという小松の答えを得て、李人稙は帰っていった。

小松のこの回想が示すように、韓国併合のころの李人稙は李完用の秘書として日本官僚との連絡係をしていたのである。

日本での生活

日本に亡命したときの李人稙は三五歳である。官費留学生になる三九歳まで、彼がどうやって暮らしていたのかは想像するしかないが、この年齢で明治日本の近代文化と出合った彼が、異文化を受け入れ、また日本語を習得するために並々ならぬ苦労をしたことは想像に難くない。李人稙が感じたであろうカルチャーショックを、我々は『血の涙』で大阪を初めて見たオンニョンの驚きを通して感じることができる。

オンニョンの目にはすべてが初めてだった。港には船の帆柱が麻の束のように並び、大通りには二階、三階建ての家が雲のように聳《そび》えている。ムカデのごとく這う汽車は口からシュッシュ煙を吐きながら、腹で天と地を踏み鳴らして風雨のように駆けていく。

李人稙はそれまで平屋の家しか見たことがなかったのだ。生まれて初めて蒸気船に乗ったのはおそらく仁川《インチョン》から日本に亡命するときのことだろう。煙突から煙を吐いてムカデのように這って進む汽車を初めて見たときは肝を潰したに違いない。オンニョンは言葉が通じなくてもどかしいと嘆いたが、オンニョンの父の金冠一の世代である李人稙にとって言葉の習得の困難さはオンニョンのそれとは比較にならなかったはずだ。

日本に来て二年半で李人稙と趙重応が東京政治学校の講義録を読むことができたのは、テキストに漢字が多く使われていたからである。中国人もそうだが、漢字交じり文の日本語の文章は漢字圏の人々ならさほど読解は難しくない。とくに文法構造が同じである朝鮮人には楽である。だが会話の聞き取りには苦労したことだろう。ちなみに小松は李人稙の話す日本語を「流調ではないが、解り易い日本語」と評している。

李人稙と「新小説」

小松の人物評によれば、李人稙の性格はきわめて朴直で、学才があり、学問上の話を好んだという。そんな彼が小説家になろうと初めて考えたのはいつのことだろう。近代文学がまだ朝鮮に存在していない時代である。日本語を習得するために新聞を読んだ彼は、そこに載っている連載小説を読んで興味を覚え、ついに単行本を手に取ったのではないか。

最初のうちは朝鮮人を啓蒙する目的があったのだろう。だが文学の魅力に囚われた李人稙はやがて明治日本文学を吸収し、自分で文体を工夫して独自の朝鮮文学——「新小説」を創りだすことになる。それは明治日本の文学者たちが、ヨーロッパの文学を吸収して独自の近代文学を創りだしていった過程と同じだった。文化はこのようにして越境していくのである。

では李人稙はどんな明治日本文学作品と接したのだろう。彼が東京でどんな作品を読んだのかは、残念ながらまったくわかっていない。東京にいた一八九六年から一九〇五年の出版物を見ると、まず目につくのは尾崎紅葉の『金色夜叉』の連載である（一八九七年〜一九〇二年、読売新聞）。李人稙が日本へ来た年に亡くなった樋口一葉の本も当時よく読まれており、幸田露伴、泉鏡花、徳冨蘆花の小説、高山樗牛《ちょぎゅう》の評論のほか、一九〇〇年代になると国木田独歩や田山花袋、島崎藤村などの自然主義文学が目につくようになる。

なお一八九九年には家庭小説（新聞に連載された女性向け通俗小説）が流行している。『血の涙』のなかに出てくる井上夫人の継子いじめの描写にその影響を感じることができるだろう。

一九〇一年には文壇の寵児だった与謝野鉄幹を徹底的に誹謗中傷した文壇照魔鏡事件[5]が起き、同じ年に鳳《ほう》（与謝野晶子の旧姓）晶子の『みだれ髪』が出ている。閔妃暗殺事件の時期に漢城にいた与謝野は事件に関与したという噂があったため、李人稙はこの事件にも注目したと考えられる。

なお、近代小説の嚆矢とされる『無情』を書く李光洙が明治学院普通学部時代に夢中になった木村鷹太郎の評伝『文界之大魔王バイロン』は一九〇二年に出ている。三国干渉の影響もあり、心を震わして鼓舞するバイロンの詩はこのころ日本国内でよく読まれていた。

官費留学生になる

李人稙は一九〇〇年二月に官費留学生になった。亡命者が本国政府から官費を受け取ることなど常識的にはありえないはずだが、新聞によると彼をふくむ一二名を現地で官費生にするようにという本国からの訓令が駐日公使に出されたという(一九〇〇年三月一三日『皇城新聞』)。おそらく日本にいる有力者と本国政府の有力者とのあいだにパイプが形成されたのだろう。李人稙をリストに入れるよう尽力したのは趙重応だと思われる。

官費で生活できるようになった李人稙はこの年の九月、以前から講義録を読んでいた東京政治学校に正規の学生として入学する。ジャーナリスト養成を目的とするこの学校は、修業年限が三年で、開講は九月だった。

李人稙が朝鮮に帰ってから新聞事業に携わるつもりであったことは、翌年彼が『都新聞』の見習い研修生になったことからも窺われる。一九〇一年一一月、こんな記事が『都新聞』に載った。

韓人、わが社で新聞事業を見習う

韓国官費留学生、李人稙氏は、現在、神田の政治学校に通学中であるが、その講学の余暇にわが国の新聞事業を見習うことを希望し、昨日、韓国公使館より社長の盧高郎《ろこうろう》に宛てた左の依頼書を携えて来社した。

（依頼書　略）

右につき、わが社は同氏に編集局の一つの名誉席を与え、とりあえず編集事務を見習わすことにした。

5　一九〇一年に与謝野鉄幹の女性問題と金銭問題を誹謗する『文壇照魔鏡』という著者不明の本が出版され、与謝野が知人を告訴したが敗訴した事件。

（一九〇一年一一月二六日『都新聞』文面は一部読みやすくした）

これを見ると『都新聞』を選択し、韓国公使館に紹介を依頼したのは李人稙自身のようである。『都新聞』は政治や政論、国際関係などを論じる大新聞ではなく、芝居や義太夫の案内、歌舞伎の批評などを載せる大衆紙である。どうして李人稙は『都新聞』を見習い先に選んだのか。

見習い研修生として入社した彼が、二日後にあいさつ代わりに『都新聞』の紙上に発表した「入社説」の一節が彼の決意を表わしている。

「新聞紙をもって、世界文明の写真器械となし、伝語器械となす。余はその文明の真の形を写して、わが国民に忠告する取次にならんと欲す」（一九〇一年一一月二九日『都新聞』）

文学だけでなく演劇にも関心と造詣を持っていた李人稙は、いつか大衆を啓蒙するために演劇が役立つ日が来ることを考えて、大衆を相手とする『都新聞』を選んだのだろう。もしかしたら彼の念頭には日清戦争のあと大人気を博していた川上音二郎[6]の存在などもあったかもしれない。

李人稙は『都新聞』にいくつかの文章を発表している。なかでも注目されるのは「寡婦の夢」という短編小説である(一九〇二年一月一八日、二九日『都新聞』)。李人稙が書いた最初の文学作品は、なんと日本語小説だったのだ。日本語で小説を書くのは難しかったらしく、作品に「麗水補」と記され、同僚の遅塚麗水《ちづかれいすい》が手を加えたことがわかる。

「寡婦の夢」は、一三年前に夫に先立たれて、いまは三二、三歳になった寡婦が夫の夢を見る話である。寡婦は、病床に伏した夫が華やかな衣冠を着けて菩薩に変じる夢を見るが、そのとき隣家の老女が声をかけたために夢から覚めてしまう。朝鮮の風習についての様々な注が付けられていて、そこに寡婦は生涯にわたって喪服を着るとあるように、一〇代で夫に先立たれたこの寡婦は再婚など夢にも考えない。李人稙は五歳のときに父を、一八歳のときに実母を失っているので、母の寂しい姿を一三年間見ながら育った彼は、「寡婦の夢」でその再現をしたのだろう。ちなみに寡婦の再婚は

6 一八六四～一九一一。興行師、演劇家。世情を風刺した「オッペケペー節」は一世を風靡。日清戦争が始まると現地を視察して戦争劇を上演、大評判になった。新派劇の創始者。

甲午改革によって許されたが、じっさいに社会に受け入れられるまでには長い時間がかかっている。

この年、李人稙はほかにも『都新聞』に様々な文章を発表しているが、そのほとんどは朝鮮を紹介するものである。日本にいながら自分の国の文化を見つめ直すことは、このあと彼が小説を書くときに助けになったはずだ。

一九〇三年二月に韓国駐日公使館から留学生たちに召喚命令が出された。だが李人稙はこの時点で本国に帰るのは危険だと判断したのだろう。命令を無視して、七月に東京政治学校を卒業している。卒業を前にして彼は『都新聞』に「韓国新聞創設趣旨書」という文章を発表して、朝鮮で新聞を創ることを宣言した。

帰国

一九〇四年二月八日、日露戦争が始まり、朝鮮半島も戦場となる。日露戦争が始まるとすぐに李人稙は陸軍省の韓語通訳として従軍する。『血の涙』にはこのときの通訳体験が生かされている。

一八九六年に亡命してから、じつに八年ぶりの帰国である。日本が実権を掌握した

あとの大韓帝国は彼にとって危険なところではなくなっていた。彼は家族のもとに駆けつけたことだろう。ある研究者の調査によると、日露戦争のとき、李人稙が日本軍を助けて通訳をしたために村人たちが李人稙の家に火を放ち、家族は離散したという話が伝わっているという（구장률「新小説出現의 歴史的背景」『東方学志』135号、二〇〇六年）。だが李人稙が家族について書いたものは一切存在していないので、すべては謎に包まれている。

とはいえこの話は、『血の涙』のなかで結婚について話し合った具完書とオンニョンが将来の抱負を述べたあとで、作者によって挿入されたある文章を喚起させる。「具完書とオンニョンは幼くして外国に行ったので、朝鮮人がどれほど野蛮で低劣であるかを知らない」という文章である。これにつづいて李人稙は小説に直接介入し、オンニョンと具完書が述べる壮大な希望を、「自分の国の状況を知らぬまま外国に留学した若い学生の自分本位な心である」と切り捨てる。

東京で異文化と日本語を相手に格闘しながら、祖国の文明化のために尽くそうとしていたときにはなかった暗い影が、朝鮮に帰国したあとの彼の心に生じたように見える。このあとに経験した挫折はその影をより濃くしたことだろう。この年の九月、いよいよ新聞社の設立に乗りだした李人稙は仲間と一緒に新聞を創るために株式の募集を始めたのである。だが事は思いどおりに運ばなかったらしく、彼は再び日本にもどっている。

翌一九〇五年には日本人女性と結ばれ、おそらくその女性に経営させたと思われるが、五月に芝愛宕町《しばあたご》に「漢城楼」を、七月に上野広小路に「韓山楼」という朝鮮料亭を開いている。

『萬歳報』と『血の涙』

だが、そのあと李人稙は軸足を朝鮮にもどした。一九〇六年二月には一進会[7]の機関紙『国民新報』の主筆になっている。李人稙のデビュー作であり、同時に新小説の最初の作品でもある『白鷺洲江上村』が連載されたのはこの新聞であるが、残念ながら現物は残っていない。

李人稙が一進会の機関紙の主筆になったのは、東京政治学校にいたころに亡命してきた東学の三代目教主、孫秉熙《ソンビョンヒ》と交友関係を持っていたためだった。東学と一進会には密接な関係があったのである。しかし東学が天道教と改名して一進会と対立する

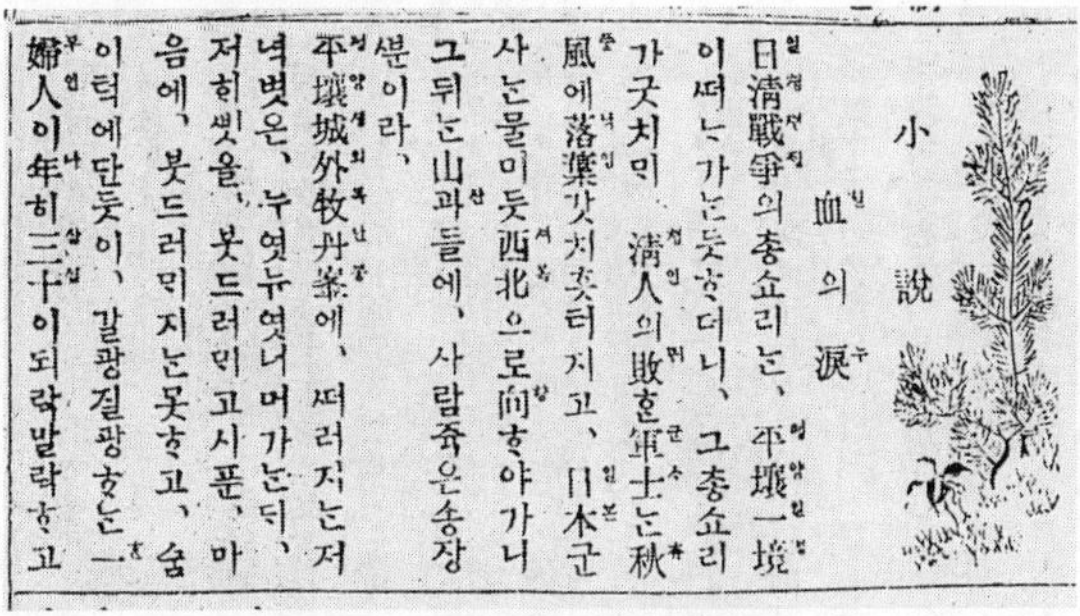
小説
血《혈》의 涙《루》
日《일》清《쳥》戰《젼》爭《징》의총쇼리는、平《평》壤《양》一《일》境《경》
이떠나가는듯ᄒᆞ더니、그총쇼리
가긋치미 清《쳥》人《인》의敗《패》ᄒᆞᆫ軍《군》士《ᄉᆞ》는秋《추》
風《풍》에落《낙》葉《엽》갓치흣터지고、日《일》本《본》군
사는물미듯西《셔》北《븍》으로向《향》ᄒᆞ야가니
그뒤는山《산》과들에、사람죽은송장
뿐이라、
平《평》壤《양》城《셩》外《외》牧《목》丹《단》峯《봉》에、떠러지는저
녁볏은、누엿누엿너머가는ᄃᆡ、
저ᄒᆡ빗을、붓드러ᄆᆡ고시푼、마
음에、붓드러ᄆᆡ지는못ᄒᆞ고、숨
이턱에단듯이、갈팡질팡ᄒᆞ는一《일》
婦《부》人《인》이年《나》히三《삼》十《십》이되락말락ᄒᆞ고

『萬歳報』での『血の涙』連載第１回

ようになると李人稙は『国民新報』を辞め、六月に創刊された天道教の機関紙『萬歳報』の主筆になる。

この『萬歳報』の活字には他の新聞にはない特徴があった。ルビがついていたのである。

ここで朝鮮の文字事情について簡単に説明しておく。一五世紀に世宗《セジョン》大王がハングルを創製するまで、朝鮮には中国の文字である漢字しかなかった。習得に時間がかかる漢字を用いることができるのは支配階層の両班だけだった。ハングルが創られたあとも両班は漢字に固執し、庶民と女性だけがハングルを使った。それゆえ李朝時代の人々は使う文字により二つの階層に分かれていたのである。

開化期に行われた甲午改革によりハングルは「国文」つまり「国の文字」に昇格し、高宗は公文書をハングルで書くよう命じた。だがいきなりハングル

で書くのは難しかったので、漢字とハングルをミックスした国漢文が使われるようになった。国漢文とは名詞の部分を漢字、それ以外の部分をハングルで表記したもので、日本語とよく似ている。たとえば「大韓帝国の首都は漢城である」は「大韓帝国의 首都는 漢城이다」となり、漢字を知る者ならば簡単に書くことができた。

開化期の朝鮮の新聞には国漢文新聞とハングル新聞の二種類があった。漢字を読める知識人は国漢文新聞を読み、漢字を読めない女性と庶民はハングル新聞を読んだ。李朝時代の社会の階層化は継続していたのである。

『萬歳報』は知識人を対象とする国漢文新聞であるが、ルビがついているので漢字を知らない読者も読むことができるというのが宣伝文句だった。李人稙は『萬歳報』にルビをつけることで、女性と庶民を啓蒙しようとしたのである。

この年の七月から李人稙の『血の涙』の連載が始まった。それが好評のうちに終わるとつづいて一〇月から『鬼の声』が連載された。この二つの作品は現在の韓国において新小説の代表作になっている。

韓国併合までの李人稙

一九〇七年五月には『血の涙』の続編を『帝国新聞』という他紙に連載を始めるが一回で打ち切りになった。これについては次章で述べる。七月、李人稙と因縁が深かった高宗が退位した。前述のように、オランダのハーグで開かれた万国平和会議に密使を送った責任を問われ、息子の純宗に譲位したのである。同じ七月、李人稙は李完用の後援を受けて『萬歳報』を買収し、『大韓新聞』と改め、その社長に就任する。

翌一九〇八年の李人稙は忙しかった。七月に『鬼の声』(下)を完成させて出し、そのほかに『雉岳山』という作品も刊行している。八月には演劇視察のために日本に行き、一一月に円覚社という劇場で自作の劇『銀世界』を公演した。公演にはパンソリ(朝鮮の伝統的な歌曲)を取り入れたようだが、詳しいことは伝わっていない。同じ一一月に小説の『銀世界』も刊行している。

だが、そのあと彼の文学活動はぴたりと止まる。李完用の秘書役として韓国併合の下準備のため、日本とのあいだを往来するのに忙しかったようだ。李完用が韓国併合

7 宋秉畯《ソンビョンジュン》らが組織した親日政治団体。『国民新報』を刊行し韓国併合のために協力したが、併合後の一九一〇年に解散させられた。

条約に調印した一九一〇年八月二二日、李人稙は四九歳になっていた。

併合後の李人稙

併合後、李人稙は経学院の司成[8]に就任した。韓国併合への協力に対する褒賞であろう。なお、李完用は侯爵に、趙重応は子爵になっている。

一九一一年六月、『血の涙』は総督府から発行不許可処分を受けた。『血の涙』はそのままの形では出版を継続できなくなったのである。李人稙は『血の涙』を改作し、翌年一一月にタイトルを『牡丹峰』と変えて出版する。この改作については次章で述べる。

改作をしているうちに李人稙は創作意欲を刺激されたらしい。翌年『毎日申報[9]』に『牡丹峰』後編の連載を始めた。『牡丹峰』後編は、日露戦争が起きたあとオンニョンと金冠一が具完書を米国に残して帰国する場面から始まり、帰国後のことが描かれる。だが作品の展開は冗漫で、四カ月で打ち切りになってしまった。五二歳の李人稙はすでに創作力を失ったように見える。未完で終わったこの『牡丹峰』後編が彼の最後の作品である。

『血の涙』の改作を始めるころ、李人稙は不思議な作品を書いている。「貧鮮郎の日美人」というタイトルの短編小説で一九一二年三月一日の『毎日申報』に一回だけ掲載された作品である。

タイトルが示すように朝鮮人と日本人の夫婦の話で、妻に令監《ヨンガム》（年取った夫の呼称）と呼ばれる朝鮮人の夫と、肌が白くて三十歳になるかならぬかの日本人の妻が登場する。東京にいたときの夫は、朝鮮人は何も知らないから自分が朝鮮に帰れば偉くなれると豪語していたが、いざ京城に来るとさっぱりうだつが上がらず、月々の支払いにも困る始末。そのうえ妻は外に出ると日本人に「ヨボ[10]のおかみさん」と後ろ指をさされる。夫は訪ねてきた友人に儲け話があると言われて耳をそばだてるが、箸にも棒にもかからぬ話だった。友人を追いかえした夫がぼんやりしていると、妻が横に座って

8 経学院は朝鮮王朝で最大の儒教教育機関だった成均館《ソンギュンクアン》が植民地時代に改組されたころの名称で、司成はその役職名。

9 韓国併合後、朝鮮総督府の機関紙として発行された新聞。一九一九年に起きた三・一独立運動で総督府の政策が転換するまで唯一の朝鮮語新聞だった。

10 ヨボは朝鮮人を差別する用語。

自分の身を哀れむように何度も目をぬぐっていたが、そのうちにシャックリをする音が聞こえて小説は終わる。自然主義小説を思わせるような余韻をもった作品である。こんなふうに自分を正直に表わす小説なら李人稙は書きつづけることができたのかもしれない。だが、そんな小説がこの時代の朝鮮で受け入れられなかったことも明らかである。彼が創作力を失っていったのはそのためだろう。

李人稙は一九一六年一一月末に亡くなった。五五歳だった。早稲田大学に留学していた李光洙が高田馬場の下宿で本格的な近代小説『無情』を書きはじめているころである。

死亡記事

最後に『毎日申報』一九一六年一一月二八日の死亡記事を紹介する。この記事を書いた記者にとって李人稙は何よりも小説家であったことが伝わってくる文章である。李人稙の略歴が官費留学生になってから始まっていることと、彼が天理教の信者であったことが我々の注目を引く。

李人稙氏　死去
朝鮮の最初の小説家
経学院司成の李人稙氏は、神経痛により一一月二一日より総督府医院に入院して治療中のところ、二五日夜一一時に永眠した。享年五五歳。

氏の簡単な履歴
明治三三（一九〇〇）年二月、旧韓国政府の官費留学生として東京に派遣され、東京政治学校に入学。三六年七月に卒業。日露戦争にあたり陸軍省韓語通訳に任命され、第一軍司令部付属として従軍。その後、三九年には『国民新報』の主筆、『万歳報』の主筆をへて『大韓新聞』社長を務める。宣陵参奉中枢院副参議をへて四四年七月に経学院司成になり、同院のために尽力した。

李人稙氏は、我々の朝鮮文学界にとって大きな功労者であった。ここは氏の創作した小説の文学上の価値について述べる場所ではないが、氏が朝鮮最初の小説家であり、いわゆる新小説の元祖であることは間違いない事実である。朝鮮で一般に小説とは何であるかをまだ知らなかった明治三九（一九〇六）年、氏は『国民新報』の主筆になってすぐ『白鷺洲江上村』という小説を連載したが、この『白鷺洲江上村』はじつに同氏の処女作であると同時に、朝鮮の新小説の嚆矢なのである。不幸なことにこの小説は出版されずに終わり、氏はつづいて『血の涙』を出版した。本紙に一時連載された『牡丹峰』はその後編である。つづいて氏は『鬼の声』『雉岳山』の各上下編を出版して好評を得た。それゆえ氏は我が朝鮮文学界にとっての大きな功労者であり、彼の死に対して我々は一掬《いっきく》の涙を惜しむわけにはいかないのである。

同氏の葬儀

同氏の葬儀は、来たる二八日午後二時に苑南洞の自宅から出棺、午後三時半に麻浦火葬場で天理教式の葬式を挙行する。（※明らかな間違いは訂正した）

三．『血の涙』から読み取れるもの

1.『血の涙』について

○書誌

『血の涙』は一九〇六年七月二二日から一〇月一〇日まで五三回にわたって『萬歳報』に連載された。本書は、この『萬歳報』の連載版を底本にしている。

単行本としての『血の涙』は連載が終わった翌年の三月に広学書舗から刊行された。これは国漢文ではなくハングルで書かれているのでルビはついていない。また編集ミスのために第四九回が欠落している。

なお「血の涙」の原文には「上編」の文字は付いていない。これは「下編」に合わせてこちらで付けたものである。「下編」の文字は李人稙がつけたもので、「血の涙下編」というタイトルで連載された。詳細は次章で述べる。

○内容

『血の涙』は、日清戦争で平壌が戦場になった日に離散した家族が八年後に再会するまでの話である。離散した日は、日本と清が平壌で激突した一八九四年九月一五日、そして平壌で夫を待つ夫人が娘からの手紙を受け取る最後のシーンは一九〇二年九月一六日である。
金冠一、妻の崔夫人、七歳の娘オンニョンは避難民の人混みのなかで離ればなれになる。家族を見つけることができなかった金冠一は誰もいない自宅にもどり、他国同士の戦争で自分たちが苦しむのも祖国が弱いせいだ、文明を学んで強くならなければいけないと一念発起して、翌朝留学の途についてしまう。

家族の行き違いには偶然が濫用され、金冠一がわずか一晩で平壌を離れる展開も唐突である。こうした偶然の濫用や唐突感は、新小説がいまだ過渡的な形態であったことをよく示している。

オンニョンは壁に残された辞世の句を見て母は死んだと思いこみ、井上軍医の養女となって大阪の井上夫人のもとに行く。だが軍医の戦死を知ったあと、オンニョンの運命は暗転する。朝鮮と違って「文明国」である日本では若い寡婦が再婚するのは恥じることではない。だがオンニョンのために再婚をあきらめた夫人は、しだいに彼女を疎んじるようになり、ついには陰湿な苛《いじ》めをするようになる。

文明国では再婚は恥ずべきことではないと説く李人稙は、一見寡婦の再婚を勧めているようだが、井上夫人の描かれ方を見ると必ずしもそうではない。再婚に執着する井上夫人がオンニョンを苛める見苦しい姿は、李人稙が再婚に対して持っていた保守的な考えを表している。李人稙は『都新聞』に発表した日本語小説「寡婦の夢」で、父の死後一三年のあいだ寡婦のままで死んだ母を美しく描きだした。寡婦の再婚を禁じる朝鮮の伝統を打破すべき悪習だと思いながらも、その伝統を愛するアンビバレンスが李人稙にはあったように思われるのだ。

苛めに堪えられなくなったオンニョンは自殺をしようとするが母の夢を見て思いとどまり、家出をして駅に行く。そして汽車のなかで具完書に出会うのである。このときの出会いは、具完書が朝鮮語で呟いた言葉をオンニョンが耳にすることから始まる。『血の涙』にはこのほかにも人が考えを声にして呟く場面が出てくるが、この時代に朝鮮の人々は本当にこんなふうに声に出して呟いたのだろうか。残念ながら、この疑問はいまのところ謎のままにとどまっている。

たとえ子どもでも、女性から男性に声をかけるわけにはいかないのが朝鮮の伝統である。そこでオンニョンも朝鮮語で呟いて自分が朝鮮人であることを具完書に知らせる。こうして二人は一緒に米国に留学することになるのだが、このときオンニョンは一一歳、具完書は一七歳、渡米の時期は計算すると一八九八年である。

サンフランシスコに着いた二人は英語が話せず苦労する。このとき彼らを助けてくれた清の紳士の名刺には康有為と書かれていた。実際の康有為は一八九八年に中国の洋務運動と内政改革「戊戌《ぼじゅつ》変法」を主導し、西太后ら保守派が起こした「戊戌政変」のために日本に亡命した人物である。康有為がアメリカ大陸に行くのも実際は一八九九年なので少し計算が合わないが、重要なのは朝鮮の開化派で亡命者だった李人稙が、清の改革を指導して亡命した康有為を好意的に描いていることだ。近代改革を行った人物に対して李人稙は国家を超えて共感を示したのである。

康有為が紹介してくれた清国人の周旋により、具完書とオンニョンは米国の首都ワシントンで清国人の生徒と一緒に学ぶことになった。五年後、優等生として卒業したオンニョンを紹介する記事が『ワシントン新聞』に載り、それがきっかけで金冠一とオンニョンは再会することになる。

この『ワシントン新聞』はどうやら一般の新聞でなく、朝鮮人が同胞のために出している英語と朝鮮語で書かれた新聞らしい。すると、金冠一がこの新聞に出した広告を見てオンニョンに知らせてくれたホテルのボーイも朝鮮人ということになる。あるいはこのホテル自体が、朝鮮人が朝鮮人相手に経営するホテルだった可能性もあるが、本文にそういったことは書かれていない。

オンニョンから具完書という恩人の話を聞かされた金冠一は、すぐに彼に会って娘を妻にしてくれるように頼む。当時の朝鮮の常識からすれば、生活すべてを世話になった未婚の娘がその男性と結婚するのは当然だからだ。このとき具完書が取る態度はこの作品の一つのクライマックスである。

「我々は口では朝鮮語を話しても、心は西洋の文明に慣れている。我々が結婚するとしても父母の命令に従うのでなく、夫婦になる心があるなら西洋人のように直接話すのが正しいことだ」

このように具完書は両性が決める自由結婚を主張し、まずは言葉の構造に封建性がまつわりついている朝鮮語を避けて英語で話そうと提案する。年上の男性である自分が六歳年下のオンニョンに対して朝鮮語で話せば命令調になるのを恐れたのである。この具完書の言葉は、李人稙が言語に内在する階級性に敏感であったことを示している。李人稙がすぐれた言語感覚を持っていたことは、作品のあちこちの表現を通して知ることができる。そうした言語感覚は、彼自身が異文化のなかに身を置き、言語を習得しながら苦労して身につけたものだろう。

オンニョンは具完書よりも英語がうまいにもかかわらず、英語で話そうという具完書の提案を無視して朝鮮語で受け答えをつづける。なぜ李人稙はオンニョンに朝鮮語を使わせるのか。ここにも李人稙の朝鮮の伝統への愛着と保守性が見られる。そもそも李人稙はオンニョンを、結婚問題を英語で堂々と論じるような性格に設定していない。幼いころからオンニョンは控えめで自分の立場をわきまえて行動する子どもだった。過去の不幸を忘れられない彼女はともすれば死ぬことを考えるように、闊達な具完書とは対照的な性格なのである。女性にはそうであってほしいという作者の保守性が、オンニョンが結婚について英語で話すことを避けさせたのだろう。

オンニョンは、将来婦人教育を担ってほしいという具完書の要請を受け入れて結婚に同意する。結婚に関する発言権を奪われた金冠一は、話し合う若者たちを黙って傍らで見守るだけである。つづいて具完書の目的が明かされる。

具完書の目的は、勉学に努めて帰国のあかつきには我が国をドイツのような連邦とし、日本と満州を一つに合わせて文明的な強国を作ろうというビスマルクのような考えである。

ここには日朝の対等な合同を主張した樽井藤吉の「大東合邦論」の影響が見られる。樽井が一八九三年に漢文で出版したこの書を李人稙は愛読したと思われる。

だが、このあと論調がガラリと変わる。前述したように李人稙は作品に直接介入して、幼くして外国に行った具完書とオンニョンは朝鮮人が野蛮で低劣であることを知らないのだと述べ、帰国すれば朝鮮の人々が自分たちの新しい考えに賛同してくれると信じている二人を、「自分の国の状況を知らぬまま外国に留学した若い学生の自分本位な心である」と切り捨てる。

ここには李人稙自身が日露戦争で故国に帰ったときに経験した挫折の記憶があると思われるが、これを傍らで彼らを見守っている金冠一の心と受け取ることも可能だろう。具完書の一世代上である金冠一は政治が腐敗していた閔氏政権の時代を知っている。世間の汚い面を見てきた彼には、若者たちの理想主義は危ういものに見えたに違いない。登場人物のなかで最も李人稙と重ねることができる人物は同じ世代であるこの金冠一だが、彼はいつも黙って見守るだけである。

父と再会したオンニョンは母の手紙を見て狂喜した。そしてオンニョンが書いた手紙が平壌の家に一九〇二年九月一六日に届いたところで『血の涙』は大団円となる。

2.『血の涙』下編について

『血の涙』下編は一九〇七年五月一七日から六月一日まで一一回にわたって『帝国新聞』に連載された。そこに描かれているのは、娘が米国で生きていることを知ったオンニョンの母親がその父親と一緒に太平洋を渡って夫と娘に会いに行く旅行談である。『帝国新聞』は女性と庶民層を対象とするハングル新聞だったので、国漢文新聞である『萬歳報』に掲載された『血の涙』とは違い、ハングルだけで書かれている。

それにしても、『萬歳報』の主筆が書いて人気を博した連載の続編が他紙に連載されるのも異例なら、その連載がたった一一回で終了するというのも異例である。なぜこのようなことが起きたのだろう。この謎を解き明かしたのは、長年にわたり朝鮮の開化期の新聞を研究してきた金栄敏《キムヨンミン》である。彼の研究は、この事態が李完用内閣の出現という歴史上の事実と関わっていたことを明らかにした（金栄敏『韓国의 近代新聞

과 近代小説3』소명出版 二〇一四年)。

『萬歳報』は創刊二年にして財政難に陥った。一九〇七年三月には摩耗した小活字の入れ替えができなくなり紙面からルビが消えるという事態を迎え、そのうえ社内には内紛も起きていた。李人稙が五月一七日から『血の涙』下編の連載を始めるのは、そのような状況においてである。もちろん移籍も視野に入っていたことだろう。

ところが連載が始まって五日後の五月二二日、統監の伊藤博文が李完用に政権を任せたのである。李完用は内閣を組織し、李人稙と一緒に日本に亡命した「無二の親友」趙重応が法務大臣になった。自分の新聞が必要だと考えていた李完用は『萬歳報』を買収して内閣の機関紙『大韓新聞』を創ることを決め、李人稙を社長に内定させる。多忙になった李人稙は、連載中の小説を打ち切らざるを得なかった。『萬歳報』に連載中だった『鬼の声』は五月三一日掲載分をもって、『血の涙』下編は六月一日掲載分をもって打ち切りになっている。

李人稙が『血の涙』下編を打ち切ることを決めた痕跡は、作品のなかにも残っている。オンニョンの母親が釜山の実家に現れて崔主事とともに渡米するところまでは引き締まっていた文体が、オンニョンが母親を迎えに行く夢を見る第七回でとつぜん弛緩する。この第七回には非常に多くのことが語られている。母が列車事故で死ぬ夢を見たオンニョンが泣いて夢から覚めること、母とついに再会すること、崔主事と母が三週間滞在して帰国することになり、最後の夜にオンニョンと具完書の結婚について話し合いを始めることなどである。ストーリー展開が不自然に早いことは一目瞭然であり、明日出発という夜に結婚について話し合うことも不自然である。第七回の原稿を書いているとき李人稙はすでに連載の打ち切りを決めていたとみるべきだろう。

第七回が掲載されたのは五月二五日で、李完用が政権を任せられたのは二二日である。印刷までの時間を考えると、李完用の手に政権が渡ったのを知った李人稙がすぐに連載の打ち切りを決めたことが推察される。開化派のメンバーとして亡命したことでわかるように、李人稙は政治的な人間であった。

『血の涙』の後編としては、このほかにもう一つ、一九一三年に『毎日申報』に連載されて打ち切りになった『牡丹峰』後編がある。すでに述べたように一九一一年に『血の涙』は総督府の発行不許可処分を受け、李人稙は『血の涙』を修正してタイトルを『牡丹峰』に変えて翌年刊行した。このときの改作については次節で扱うが、多くの修正が行われてコンセプトが違う作品になっている。その続編である『牡丹峰』

後編は当然のことながら改作の方針を受けついでいる。

併合される前の大韓帝国は統監府の支配を受けていたが、それでも作家の自由はまだ残っていた。故国に帰る崔主事と妻を駅で見送った金冠一は汽車が出るときに「大韓帝国、万歳！」と叫んでいるが、こうした自由は『牡丹峰』後編になると想像もできない。本書の底本として『牡丹峰』後編ではなく『血の涙』下編を選んだのはそのためである。なお、この作品は一一回しか連載されなかったために忘れ去られ、一九七二年に再発見された。

3.『血の涙』から『牡丹峰』への改作について

一九一二年一一月、李人稙は『血の涙』を修正し、その題名を『牡丹峰』と変えて刊行した。李人稙は『血の涙』を『牡丹峰』へとどのように改作したのだろうか。それを見ることにより、我々は日本の統治が文学作品に残した傷跡を知ることができるだろう。

もっとも大幅な書き換えが行われているのは第六回と第一四回である（ここでは便宜上、連載回数を使用するが、単行本の『血の涙』にも『牡丹峰』にも回数はない）。

まず第六回を見よう。『血の涙』では避難中に家族を失った金冠一が、他国の戦争によってこんな残酷な目に遭うのは国が弱いからだと考え、米国で文明を学んで国を強くしようと決意する。『牡丹峰』でその部分は全面的に書き換えられ、彼が外国に行く理由は次のように説明される。

「うーむ、仕方がない。神の命を受けてこの身が生まれたのだから、不如意であっても神のなさったことだ。前世で悪事を積んだために現世で罰を受けることを、今日ようやく知った。誰を恨み、何を嘆こうか。だが私がこの家におれば、どうしても目に浮かぶのは妻と子の姿とその思い出だ。いっそのこと故国の山河を離れてこの世界の動きを見てやろう」

そう言って金冠一は夜明けを待って平壌を離れた。彼が向かうのは遠い他国である。

金冠一が米国に行くのは、家にいては家族を忘れることができないという理由になっている。「罪なくして罪を受けるのも我が国の人、罪なくして命を守れぬのも我が国の人」という強烈な国民意識は消え、家族を失った金冠一の怒りと悲しみは「神のなさったこと」という私的な諦念に変わっている。何よりも金冠一の発奮の根底にあった閔氏政権時代の政治腐敗に対する怒りも見えなくなってしまった。

第一四回に登場する反骨的な従者マクトンは、『血の涙』では崔主事に「これからは子孫を守りたかったら国のために働け。我が国が強かったら、このいくさは起きなかっただろう」と言われて国を滅ぼしたのは両班だと言い返す。さらに、日清戦争も両班の閔泳駿《ミンヨンジュン》が清を呼びこんだから起きたのだと言って崔主事を驚かせた。そんなマクトンが『牡丹峰』では酔っぱらいに変身する。

娘と孫を失った寂しさに堪えられない崔主事はマクトンを酒の相手にして飲みはじめるが、主人からそんな待遇を受けたことがないマクトンは調子に乗って酔っぱらってしまう。自分が主人と飲むことになろうとは想像もできなかったマクトンは、いくさが引き起こした世間の変化が楽しくて堪らないのだ。

「旦那様、一杯召し上がって下さい。日かげが日あたりに変わり、富貴と貧賤は水車が回るように変わり、両班は威張らず、サンノムは尻で踊って、マクトンは旦那様の酒のお相手をする……。それ、大砲の音よ、どんどん響け。冠をして勿体ぶった頭はスッポンの首のように縮こまっているぞ。ハハハ。ああ、家が回っている」と言ってぶっ倒れた。恥ずかしくなった崔主事は、マクトンを宥めすかしてようやく行廊房に送りだし、一人で酒壜に向う。

「冠をして勿体ぶった頭」とは両班の頭のことである。李人稙はマクトンの両班嫌いは変えなかった。貧しい庶民にはこんな考え方をする者が多かったのだろう。修正をしながらも李人稙はそのリアリティを逃していない。

以上は大幅な書き換えであって、ストーリーに関わらない場合は部分的に改変されるか削除されている。具完書とオンニョンが結婚を決めたあとの「具完書の目的は、勉学に努めて帰国のあかつきには我が国をドイツのような連邦とし、日本と満州を一つに合わせて文明的な強国を作ろうというビスマルクのような考えである」という部分はストーリーと関わらないのですっぽりと削除され、康有為の名前もそこだけが削除されている。「我が国」という語はすべて削除され、甚だしくは金冠一がオンニョンを探すために『ワシントン新聞』に出した広告の「韓国平安道平壌人　金冠一」は「韓国」だけが「朝鮮」に変わっている。併合後は韓国という国号がなくなり、朝鮮と呼ばれることになったからである。このような部分的な改変と削除は数えきれない。

だが何といっても李人稙の修正のなかでもっとも大きいのは、『血の涙』という不穏なタイトルから『牡丹峰』という無難なタイトルへの変更であろう。もともと『血の涙』というタイトルを李人稙は、同時代の文人山田美妙《びみょう》が翻訳したフィリピンの独立運動家、ホセ・リサールの小説『血の涙』（原題『ノリ・メ・タンヘレ』。ホセ・リサールはこの小説をスペイン語で書いたが、この原題は「我に触れるな」という意味のラテン語である。復活したイエスがマグダラのマリアに言った言葉とされる）から取ったと思われる。美妙の『血の涙』が刊行されたのは李人稙が東京政治学校を卒業した一九〇三年である。美妙はその前年にフィリピンの初代大領領アギナルドの名前を採った『あぎなるど』を刊行してフィリピン革命を紹介し、同じ年に独立戦争に材を取った創作小説『桃色絹』を出している。フィリピンが宣伝のために日本に派遣した人物と個人的な親交があった美妙は、フィリピンの状況に対して義憤を感じていたという（山下美知子「南進のまなざし：明治20〜30年代におけるフィリピンの描き方」『総合文化研究』第3号、二〇〇〇年)。

ホセ・リサールが植民者のスペインにより処刑されたのは、李人稙が日本に亡命したのと同じ一八九六年である。そのあとフィリピンは独立革命を起こし二年後に独立したが、スペインとの戦争に勝ってフィリピンを得たアメリカに独立を否定され、今度はアメリカを相手に独立戦争を始めた。こうした状況は日本で注目されていたから、李人稙もよく知っていたはずである。フィリピンの独立がアメリカという大国に踏みにじられていくのを見た李人稙は、フィリピンに対する同情と敬意を表するために自分の小説に『血の涙』というタイトルをつけたと思われる。

『血の涙』を連載した一九〇六年から『牡丹峰』と改名して出版する一九一二年まで、李人稙の心には様々なことが起きたはずである。この間に朝鮮は独立を失い、彼は李完用の秘書として日朝間を往来した。『血の涙』から『牡丹峰』へのタイトル変更は李人稙の進路変更を象徴する。おそらくそこには、祖国への絶望と諦念があったことだろう。李人稙は、現在の韓国で「親日派《チニルパ》」、対日協力者と呼ばれている。

参考文献（韓国語資料の漢字語はそのまま漢字表記とした）

〈日本語書籍〉
宇野秀弥『朝鮮文学試訳』国立国会図書館蔵　一九八七〜一九八九年
糟谷憲一『朝鮮の近代 世界史リブレット㊸』山川出版社　一九九六年
糟谷憲一・並木真人・林雄介『朝鮮現代史』山川出版社　二〇一六年
糟谷憲一『朝鮮半島を日本が領土とした時代』新日本出版社　二〇二〇年
金台俊著・安宇植訳注『朝鮮小説史』平凡社東洋文庫　一九七五年
小松緑『朝鮮併合之裏面』中外新論社　一九二〇年九月二〇日発行（復刻版韓国併合史研究資料㊸　龍溪書舎　二〇〇五年）
田尻浩幸『李人稙と朝鮮近代文学の黎明』明石書店　二〇一五年
波田野節子『韓国近代作家たちの日本留学』白帝社　二〇一三年
森万佑子『韓国併合』中公新書　二〇二二年
吉田精一編『現代日本文學年表 改訂増補版』筑摩書房　一九六五年

〈韓国語書籍〉

林奎燦・韓辰日編『林和 新文学史』한길社 一九九三年
金栄敏『韓国의 近代新聞과 近代小説3』소명出版 二〇一四年
権寧珉校閲・解題『李人稙 血의涙』서울大学校出版部 二〇〇一年
田尻浩幸『李人稙研究』国学資料院 二〇〇六年

〈韓国語論文〉

金在湧「『血의 涙』과『牡丹峰』의 距離」『韓国文学의 近代과 近代克服』소명出版 二〇一〇年
咸苔英「『血의 涙』第二次改作研究―새 資料 東洋書院本『牡丹峰』을 中心으로」『大東文学研究』57号 二〇〇七年
咸苔英「李人稙의 現実認識과 그 矛盾」『近代啓蒙期文学의 再認識』소명出版 二〇〇七年
구장률「新小説出現의 歴史的背景」『東方学志』135号 二〇〇六年

〈日本語論文〉

山下美知子「南進のまなざし：明治20〜30年代におけるフィリピンの描き方」『総合文化研究』第3号、二〇〇〇年

李人稙年譜

*年齢は数え年を用いた。

一八六二年　一歳
京畿道陰竹郡巨門里（現在の利川市）で、韓山李氏胤耆と全州李氏の次男として生まれる（陰暦七月二七日）。曽祖父が庶子だったために科挙を受けられない家系だった。

一八六三年　二歳
一二月、李朝第二五代国王、哲宗が崩御。大院君が政権を掌握、息子の高宗（一八五二～一九一九）が一二歳で即位する（～一九〇七年）。

一八六四年　三歳
東学創始者の崔済愚が処刑される。

一八六五年　四歳
景福宮再建工事が始まる。

一八六六年　五歳
実父死亡。
三月、大院君によりフランス人神父と信者たちが処刑される（丙寅《へいいん》教獄）。七月、アメリカ商船シャーマン号が焼き払われる。八月～一〇月、フランス軍艦を撃退（丙寅洋擾）。

一八六八年　七歳
日本で明治維新が起こる。一二月、書

契事件が起き、日朝関係停滞。

一八七〇年　九歳

伯父の李殷者の養子になる。

一八七一年　一〇歳

シャーマン号事件を口実にアメリカが朝鮮との通商条約を求めて江華島に進入（辛未洋擾）。大院君が朝鮮半島全土に斥和碑を建てる。

一八七二年　一一歳

一八七三年　一二歳

養母死亡。

一一月、大院君退陣。閔氏政権が成立する。

一八七五年　一四歳

八月、江華島事件。

一八七六年　一五歳

二月、日朝修好条規調印。朝鮮の開国。

釜山開港。

一八七九年　一八歳

実母死亡。

一八八〇年　一九歳

元山《ウォンサン》開港。閔氏政権が開化政策に転じる。

一八八一年　二〇歳

紳士遊覧団が日本を視察。このとき随員の兪吉濬と尹致昊が初めて日本に留学。金玉均、朴泳孝などの開化派が勢力を伸ばす。

一八八二年　二一歳

五月、朝米修好通商条約調印、朝英修好通商条約調印。六月、朝独修好通商条約調印。七月、壬午軍乱。九月、高

宗が正式に「開国・開化」を国是とするが、中国への宗属関係は続く。

一八八三年　二二歳

仁川開港。

一八八四年　二三歳

開化派が金玉均らの急進開化派と金弘集らの穏健開化派に分裂する。朝露修好通商条約調印。一〇月七日、金玉均、朴泳孝らがクーデター（甲申政変）を起こすが失敗。

一八八五年　二四歳

伊藤博文が天津に行き李鴻章《りこうしょう》と交渉して天津条約に調印する。復権した閔氏政権、ロシアに近づく。清国は牽制するため袁世凱《えんせいがい》を漢城に駐在させる。

一八九二年　三一歳

民乱が多発する。東学教徒が教祖の伸冤運動を始める。

一八九三年　三二歳

忠清《チュンチョ》道報恩《ボウン》と全羅道金溝《クムグ》に東学教徒が集まり「逐洋斥倭」を唱える。

一八九四年　三三歳

全琫準が挙兵（甲午農民戦争第一次蜂起）、五月三一日、全州《チョンジュ》府に入城。閔泳駿率いる閔氏政権が清軍の出兵を求める。六月八日、清軍が牙山《アサン》に上陸。日本も出兵して一〇日に漢城に入る。日清の挙兵を知った農民軍、全州和約を結び全州府から撤退。七月、日本が朝鮮政府に内政改革案を示す。日本軍が景福宮を占領。豊島《プンド》沖会戦＝日清戦争勃発。金弘集政権成立。甲午改革始まる（〜九六年二月）。一〇月、秋の収穫期が終わり甲午農民戦争第二次蜂起。一一月、公州《コンジュ》の戦いで農民軍が敗北し、翌年一月には抵抗を終える。

一八九五年　三四歳

四月、下関条約調印、清国が朝鮮の宗属関係の廃止を認める。三国干渉ののち閔妃らは日本牽制のためロシアと接近。一〇月八日、閔妃暗殺（乙未事変）。断髪令施行。

一八九六年　三五歳

二月一一日、軟禁されていた高宗がロシア大使館に逃れる（露館播遷）。このとき李人稙は趙重応とともに日本に亡命する。七月、独立協会創立。

一八九七年　三六歳

一〇月、国号を大韓と改め、高宗が光武帝として即位する。一一月、独立協会が独立門を作る。

一八九八年　三七歳

一〇月、松本君平が神田に東京政治学校を創立する。このころ東京政治学校での小松緑の「列国政治制度」講義録を講読する。

一九〇〇年　三九歳

二月、官費留学生となる。九月、神田の東京政治学校に入学する（〜一九〇三年卒業の三年コース）。

一九〇一年　四〇歳

一一月二五日、『都新聞』の見習い研修生になる。（〜一九〇三年五月）。「入社説」（一一月二九日）「夢中放語」（一二月一八日）を同紙に発表。

一九〇二年　四一歳

「寡婦の夢」「雪中惨事」「韓国雑感」「韓国閑話」「韓国実業論」を『都新聞』に発表。この年、日本に亡命した東学教主の孫秉熙と交流。

一九〇三年　四二歳

留学生に召喚命令が出る。五月、「韓国新聞創設趣旨書」を『都新聞』に発表。七月、東京政治学校卒業。

一九〇四年　四三歳

二月、陸軍省の韓語通訳として日露戦争に従軍（～五月）。李人稙を日本に従軍した親日派だと言う村人らによって家に火をつけられ、一家が離散したという話が伝わる。九月、新聞創刊のために株式を集める広告を出すが失敗。

一九〇五年　四四歳

三月、日韓同志会の母体となる東亜青年会に参加。四月に委員になる。五月二八日、芝愛宕町・朝鮮料亭「漢城楼」開店の記事が『読売新聞』に掲載される。七月八日、上野広小路・朝鮮料亭「韓山楼」の広告を『都新聞』に掲載。七月～八月、「韓人閑話」を『都新聞』に発表。

一九〇六年　四五歳

二月、一進会の機関紙『国民新報』の主筆となる（～六月）。六月、天道教の機関紙『萬歳報』の主筆となる（～一九〇七年六月）。七月三日～四日、同紙に「短編小説」を発表。七月二二日～一〇月一〇日、同紙に「血の涙」を連載。一〇月一四日～翌年五月三一日、同紙に「鬼の声」を連載。

一九〇七年　四六歳

三月、『血の涙』単行本を刊行（現存せず）。五月一七日、『帝国新聞』に「血の涙（下編）」を連載。五月二二日、李完用内閣が成立する。五月三一日掲載分をもって「鬼の声」を打ち切り。六月一日分をもって「血の涙（下編）」を打ち切り。六月二九日、『萬歳報』が財政難で廃刊。七月、李完用の後援で『萬歳報』を買収し、『大韓新聞』を創刊、社長に就任する。七月二〇日、ハーグ密使事件で高宗譲位。一〇月、『鬼の声（上）』単行本を刊行。

一九〇八年　四七歳

三月、『血の涙』再版を刊行（現存）。七月、『鬼の声（下）』を完成させて単行本を刊行。八月、演劇視察のために渡日。九月、『雉岳山』を刊行。一一月、『銀世界』公演（一一月一五日～？）。同月、『銀世界』を刊行。

一九〇九年　四八歳

一〇月、安重根《アンジュングン》が伊藤博文を射殺。

一九一〇年　四九歳

八月二二日、韓国併合。

一九一一年　五〇歳

六月、『血の涙』が総督府から発行不許可処分を受ける。七月、経学院司成に就任（～死亡時）。

一九一二年　五一歳
三月一日、『毎日申報』に「貧鮮郎の日美人」を掲載。一一月、『血の涙』を改作して『牧丹峰』として刊行。
一九一三年　五二歳
二月、『毎日申報』に「牡丹峰」後編を連載するが四カ月で打ち切り（二月五日〜六月三日）。
一九一六年　五五歳
一一月、神経痛で総督府病院に入院。
一一月二五日、死亡。

訳者あとがき

私が初めて『血の涙』を読んだのは一九九〇年代のことだった。解説に書いたように韓国の現代語訳で読んだのだが、読みはじめるとたちまち夢中になった。日清戦争の中で一家が離散した女性登場人物が性暴力に遭いそうになり、日本の歩哨兵に助けられる場面は迫真性があってドキドキした。舞台は平壌から始まって、日本の大阪からサンフランシスコ、ワシントンへと移動し、また平壌にもどって終わる。新小説らしい偶然の濫用は見られるが、描写が繊細なことには驚くばかりである。こんな小説が一九〇六年、日本でいうと明治三九年に韓国で書かれたことが信じられなかった。なにしろ韓国で最初の近代小説とされている李光洙の『無情』が書かれたのが一九一七年なのである。いったいどんな人がこれを書いたのかと思って調べたが、当時は研究が進んでおらず李人稙は謎の人物であった。二一世紀に入ると李人稙は閔妃暗殺事件に関わって日本に亡命したことなど、様々なことがわかってきた。そこで、いったん現在までの韓国における研究状況をまとめて解説とした。

私はこの小説を訳したいとずっと思っていたが、訳す機会に恵まれずそのままになっていた。二〇二一年の暮れも押し迫ったある日、光文社の古典新訳文庫を立ち上げた駒井稔さんから『いま、息をしている言葉で。――「光文社古典新訳文庫」誕生秘話』という本が届いた。そこには韓国の古典を出したいので協力してもらえないかと丁寧な文面の手紙が同封されていた。本はとても面白かった。私が以前に書いた翻訳論と同じ趣旨であり、驚いたことに三島由紀夫の『文章読本』と米原万里の『不実な美女か貞淑な醜女か』の同じ箇所まで引用されていた。「いま、息をしている言葉で、新訳をする」のは私の願いでもある。私はさっそく駒井さんに『血の涙』をぜひとも翻訳したいという返事を出した。

こうして生まれたのが本訳である。はたして「息をしている」かについては自信がないが、長いあいだの望みであった『血の涙』を訳すことができ、光文社古典新訳文庫の一冊として出版することができたのはこの上ない喜びである。

二〇二四年四月八日

波田野節子

本文中、「女中」「車夫」「下人」など職業や社会的身分に関して今日の観点からは使用されるべきでない用語が使用されています。
また、言葉が通じない状況や黙っている様子を指して「唖のよう」「まるで唖」とするなど、身体障害に関する不快・不適切な比喩表現も用いられています。

しかしながら編集部では、本作が成立した一九〇〇年代当時の時代背景、および作者がすでに故人であることを考慮したうえで、これらの表現についても、原文に忠実に翻訳することを心がけました。それが今日にも続く人権侵害や差別問題を考える手掛かりとなり、ひいては作品の歴史的・文学的価値を尊重することにつながると考えたものです。差別の助長を意図するものではないということをご理解ください。

編集部

光文社古典新訳文庫

血《ち》の涙《なみだ》

著者　李人稙《イインジク》
訳者　波田野節子《はたのせつこ》

2024年6月20日　初版第1刷発行

発行者　三宅貴久
印刷　新藤慶昌堂
製本　ナショナル製本

発行所　株式会社光文社
〒112-8011東京都文京区音羽1-16-6
電話　03（5395）8162（編集部）
03（5395）8116（書籍販売部）
03（5395）8125（制作部）
www.kobunsha.com

ISBN978-4-334-10348-4 Printed in Japan

いま、息をしている言葉で、もういちど古典を

長い年月をかけて世界中で読み継がれてきたのが古典です。奥の深い味わいある作品ばかりがそろっており、この「古典の森」に分け入ることは人生のもっとも大きな喜びであることに異論のある人はいないはずです。しかしながら、こんなに豊饒で魅力に満ちた古典を、なぜわたしたちはこれほどまで疎んじてきたのでしょうか。

ひとつには古臭い教養主義からの逃走だったのかもしれません。真面目に文学や思想を論じることは、ある種の権威化であるという思いから、その呪縛から逃れるために、教養そのものを否定しすぎてしまったのではないでしょうか。

いま、時代は大きな転換期を迎えています。まれに見るスピードで歴史が動いていくのを多くの人々が実感していると思います。

こんな時わたしたちを支え、導いてくれるものが古典なのです。「いま、息をしている言葉で」――光文社の古典新訳文庫は、さまよえる現代人の心の奥底まで届くような言葉で、古典を現代に蘇らせることを意図して創刊されました。気取らず、自由に、心の赴くままに、気軽に手に取って楽しめる古典作品を、新訳という光のもとに読者に届けていくこと。それがこの文庫の使命だとわたしたちは考えています。

このシリーズについてのご意見、ご感想、ご要望をハガキ、手紙、メール等で翻訳編集部までお寄せください。今後の企画の参考にさせていただきます。
メール　info@kotensinyaku.jp

光文社古典新訳文庫　好評既刊

翼　李箱作品集

李箱《イサン》／斎藤真理子《さいとうまりこ》◉訳

怠惰を愛する「僕」は、隣室で妻が「来客」からもらうお金を分け与えられて……。表題作ほか、韓国文学史上、最も伝説に満ちた作家による小説、詩、日本語詩、随筆等を収録。

故郷／阿Q正伝

魯迅《ろじん》／藤井省三《ふじいしょうぞう》◉訳

定職も学もない男が、革命の噂に憧れを抱いた顛末を描く「阿Q正伝」など代表作十六篇。中国近代化へ向け、文学で革命を起こした魯迅の真の姿が浮かび上がる画期的新訳登場。

酒楼にて／非攻

魯迅《ろじん》／藤井省三《ふじいしょうぞう》◉訳

伝統と急激な近代化の間で揺れる中国で、どう生きるべきか悩む魯迅。感情をたぎらせる古代の英雄聖賢の姿を、笑いを交えて描く魯迅。中国革命を生きた文学者の異色作八篇。

傾城《けいじょう》の恋／封鎖

張愛玲《ちょうあいれい》／藤井省三《ふじいしょうぞう》◉訳

離婚して実家に戻っていた白流蘇《パイリウスー》は、異母妹の見合いに同行したところ英国育ちの実業家に見初められてしまう…。占領下の上海と香港を舞台にした恋物語など、5篇を収録。

聊斎志異《りょうさいしい》

蒲松齢《ほしょうれい》／黒田真美子《くろだまみこ》◉訳

古来の民間伝承をもとに豊かな空想力と古典の教養を駆使し、仙女、女妖、幽霊や精霊、昆虫といった異能のものたちと人間との不思議な交わりを描いた怪異譚。43篇収録。

二十世紀の怪物　帝国主義

幸徳秋水《こうとくしゅうすい》／山田博雄《やまだひろお》◉訳

百年前の「現代」を驚くべき洞察力で分析した「世界史の教科書」であり、徹底して「平和主義」を主張する「反戦の書」。大逆事件による刑死直前に書かれた遺稿「死刑の前」を収録。

光文社古典新訳文庫　好評既刊

三酔人経綸問答

中江《なかえ》 兆民《ちょうみん》／鶴ケ谷真一《つるがやしんいち》◉訳

絶対平和を主張する洋学紳士君、対外侵略を激する豪傑君、二人に持論を陳腐とされる南海先生。思想劇に仕立て、近代日本の問題の核心を突く兆民の代表作。（解説・山田博雄）

一年有半

中江《なかえ》 兆民《ちょうみん》／鶴ケ谷真一《つるがやしんいち》◉訳

政治への辛辣な批判と人形浄瑠璃への熱い想い。〝余命一年半〟を宣告された兆民による痛快かつ痛切なエッセイ集。豊富で詳細な注により、理念と情念の人・兆民像が浮かび上がる！

ぼくはいかにしてキリスト教徒になったか

内村《うちむら》 鑑三《かんぞう》／河野純治《こうのじゅんじ》◉訳

武士の家に育った内村は札幌農学校でキリスト教に入信。やがてキリスト教国をその目で見ようとアメリカに単身旅立つ…。明治期の青年が信仰のあり方を模索し悩み抜いた記録。

憲政の本義、その有終の美

吉野《よしの》 作造《さくぞう》／山田博雄《やまだひろお》◉訳

国家の根本である憲法の本来的な意義を考察し、立憲政治の基礎を説いて「大正デモクラシー」に大きな影響を与えた歴史的論文。「デモクラシー」入門書の元祖、待望の新訳。

好色一代男

井原《いはら》 西鶴《さいかく》／中嶋隆《なかじまたかし》◉訳

七歳で色事に目覚め、地方を遍歴しながら名高い遊女たちとの好色生活を続けた世之介。光源氏に並ぶ日本文学史上最大のプレイボーイの生涯を描いた日本初のベストセラー小説。

好色五人女

井原《いはら》 西鶴《さいかく》／田中貴子《たなかたかこ》◉訳

江戸の世を騒がせた男女の事件をもとに西鶴が創り上げた、極上のエンターテインメント五編。恋に賭ける女たちのリアルが、臨場感あふれる新訳で伝わる性愛と「義」の物語。